ハヤカワ文庫SF
〈SF2053〉

宇宙英雄ローダン・シリーズ〈515〉

孤高の種族

クルト・マール
林 啓子訳

早川書房
7719

PERRY RHODAN

DIE UNBEZWINGBAREN

MEISTER DER VERGANGENHEIT

by

Kurt Mahr

Translated by
Keiko Hayashi
First published 2016 in Japan by
HAYAKAWA PUBLISHING, INC.
This book is published in Japan by
arrangement with
PABEL-MOEWIG VERLAG GMBH
through JAPAN UNI AGENCY, INC., TOKYO.

目次

孤高の種族

登場人物

サーフォ・マラガン
ブレザー・ファドン
スカウティ
……………………ベッチデ人のもと狩人

グー……………………………………………クラン人。クランドホルの公爵
マソ……………………………………………同。第二十艦隊司令官
プラクエト………………………………同。第二十艦隊ネストの首席エンジニア
ヴジュガ…………………………………アイ人。第二十艦隊所属
プレレディ………………………………プロドハイマー＝フェンケン。第二十艦隊所属

ヴァルヴル
オルクリング
…………………………マシノーテ

ポルポル…………………………………同。ヴァルヴルの分身
第一監視者………………………………マシノーテの最高位に位置する存在

孤高の種族

クルト・マール

1

「わが名は、ヴァルヴル。わたしが見えるか？　見えないか？　きみはたぶん、わずかな空間震動にも混乱するような原始存在のひとりなのだろうな。ほら、ひずみを解消しよう。もう、わたしが見えるだろう？　おぼろげにしか見えないか？」

「だれと話しているのです？」マシンがたずねた。

ヴァルヴルは、はっとしてわれに返り、

「仮想の異生物だ」と、応じた。「異生物との遭遇がどのようなものか、想像してみたのだ」

「現状に不満なのですね」マシンが事務的に告げる。「そのような考えにとらわれるべきではありません」

「ああ、しずかにしてくれ！」

ヴァルヴァルが不満なのは、おのれを役たたずと感じているせいだ。自分はここになんの用があるのだろう。いまの地位を捨て、どこかデッキや通廊、斜路、シャフトの混沌のなかに姿をくらましたらどうなるのか、しばしば想像をめぐらせたもの。自分などいなくとも、〝実領域〟はうまくまわっていくだろう。

だが、このように考えると、たちまちマシンが作動するのだった。マシンはこれを深刻にとらえ、意識に訴えかけてくる。そのように考えこんでもなんにもならない、実領域では、だれもがあてがわれた任務をはたさなければならない、と、告げるのだ。くよくよ考えこむのをやめなければ、カウンセラーに警告するしかない、と、マシンがいう。そこで、ヴァルヴァルはただちに気をまぎらわせた。カウンセラーと関わりたい者などいない。そもそも、他者との接触をだれが望むものか。マシノーテは、孤独をもっとも快適と感じるのだから。

だったら、なぜヴァルヴァルは仮想の異生物との遭遇を想定したのか？　退屈をもてあまし、気分転換を欲したせいだ。異生物との遭遇はあらたな経験となるだろう。たとえ、それで不快になったとしても。

ヴァルヴァルはクラス四のマシン監視者で、担当マシンカテゴリーは十三である。それがなんだというのだ？　クラス一、クラス二、クラス三のマシン監視者は、どこでなにをしているのか？　おのれと同じくらい、自身をよけいな存在と感じているのか？　ヴァルヴルは気をとりなおそうとした。このような敗北主義者的思考がさらにひどくなれば、ますますカウンセラーの世話になりそうだ。ヴァルヴルが理性をたもとうとつとめているのを知り、マシンはこれに報いようと、

「ヴァルヴル」と、甘ったるい声で告げた。「気晴らしに、いいものを見せましょう」

　すると、スクリーンが明るくなる。そこには、実領域に近づくたくさんの異宇宙船のリフレックスが見えた。

＊

「プラクエト、マシンをいじりまわすのはやめて、ここでの話に集中するのだ」

　背の高いクラン人の声は、非常にきびしいものだった。第二十艦隊司令官マソは機嫌が悪そうだ。プラクエトは気がとがめ、部屋の中央を漂う3Dグラフィックに関心があるふりをして、急いで視線を向ける。

　マソは、グラフィックの説明がはっきりわかるように発光ポインターを使った。

「これは、いままでわれらが砲身の前にあらわれたなかで、もっとももとてつもないものだ」と、うなるようにいう。ポインターは、独立した光点からなる構造体をかこむように円を描いた。「ぜんぶで二千の巨船……あるいは、まったく異質な建設方法の、むし

ろ宇宙要塞と呼ぶべきか。これが宇宙空間に浮かんでいるのだ。全体で直径四千光年、各要塞間の平均距離は二百五十光年。箱形宇宙船が要塞間を往来している。要塞内には、まぎれもなく知性体がいるのだ。われわれ、この異人との接触をはかるため、あらゆる可能性をためしたもの。だが、異人はこちらの言葉を理解しないか、あるいは理解する気がないかだ。そこで、われわれ、ここにとどまることにした。わかるな、プラクエト？」

プラクエトは、第二十艦隊ネストの首席エンジニアである。なぜ艦隊司令官が、演説を聞きに集まった聴衆のなかから、よりによってわが名をあげたのかはわからない。とはいえ、マソとは長いつきあいだ。この歴戦の戦士におびえた態度を見せてはならないと、承知している。

「いいえ、よくわかりません」と、応じてみる。

マソの黄色がかった砂色をしたライオンのたてがみが逆立った。しゃがんだ姿勢から立ちあがると、三メートル以上の高さになる。

「なにが、わからないのだ？」と、どなった。

「艦隊がここにとどまる理由です。異構造体は警備艦隊にまかせ、無視すればいいではありませんか。ダイバン・ホースト宙域での併合活動を、このために遅らせる必要はありません」

マソはふたたび腰をおろし、「科学者よ」と、軽蔑するように鼻を鳴らした。「戦略というものをまったくわかっていないようだな。第一。もしそうすれば、ほかの場所でずっと役にたつであろう一警備艦隊をまるごと拘束することになる。第二。そうしたところで、この……〝ミツバチの群れ〟が突然、活動的にならないという確信は持てない。前線の向こうで面倒を起こさないともかぎらないからな」

「なるほど。よくわかりました」プラクエトは無邪気に司令官を見つめた。

「なにか計画があるので？」第二十艦隊ネストの指揮官、イルゴスが口をはさむ。

「もちろんだ。さもなければ、諸君にここに集まってもらうまでもない」と、マソ。

「われわれ、これまで誤った方法をとってきたようだ。一度めは、要塞に向かったものの、攻撃されないかぎり武器を投じるなという最高命令に縛られているせいで、平和をもたらす天使の群れのような訪問となった。異人が鼻先で衝撃フィールドを展開させると、あわてふためき、すごすごと退散したわけだ。二度めも三度めも似たような状況だった」

マソが作戦失敗の記憶に苦しんでいることは、その表情からわかる。

「これまで、まだためしていない方法がふたつある」艦隊司令官はつづけた。「要塞を包囲するかわりに、箱形船の一隻を奪うのだ。これが第一の方法で……」

＊

「シミュレーションをしめすのだ」ヴァルヴルがマシンに命じた。

部屋の奥半分が暗くなる。星々があらわれ、そのはざまに異宇宙船の輪郭が浮かびあがった。平たく押しつぶされたように見えるが、艦首と艦尾ははっきりと区別できる。ヴァルヴルは、未知艦隊からここまでわずか数キロメートルしかはなれていないかのような気がした。

異人の艦を目にしたのはこれで四回めになる。それでも、はじめて遭遇したときと同様に謎ばかりだ。なぜ、ひとつの鋳型から出てきたかのように、まったく同じ見た目なのか。乗員は、どのような外見をしているのか。全員が同じ姿をしているのか？　そう考えるだけで虫酸《むしず》がはしり、神経が本能的に反応した。ヴァルヴルの周囲で〝空間断層〟が閉じそうになる。

いまだけはやめてくれ。ぞっとしながらそう考えた。よりによって、この瞬間に分裂とは……想像もできない！

「どこから、かれらはやってきたのか？」気分をまぎらわそうと、マシンにたずねてみる。

「以前と同じ方向からです」

マシンのコンソールには各種の発光プレートや奇妙なかたちのスイッチや表示装置がならぶ。ヴァルヴルはその柔軟な把握アームで、コンソールにはめこまれたちいさな一スイッチの上をなでた。〝前身〟から分裂してまもなく、このスイッチの意味を知った。全体の注意を喚起するような異常が生じれば、すぐに効果を発揮するものである。このスイッチの影響は〝都市〟全体におよぶものだろうと、ヴァルヴルは感じていた。ひょっとしたら、もっと重要なもので、その影響は実領域すべてにおよぶかもしれない。

「それはナンセンスな考えです」マシンが注意をうながした。

「フォーメーション分析を」ヴァルヴルは冷ややかに応じる。

スクリーンに、数字と記号の連なりがあらわれた。ヴァルヴルはこれらを注意深く読みながら、突然、驚きの声をあげる。

「おい、これは新発見だ！　これまで三回とも、艦隊のフォーメーションは艦の外観と同じくらい均整がとれたものだった。だが、今回は二隻……」

そこまでいいかけると、後方の三次元プロジェクターに視線をうつす。その二隻は、ヴァルヴルから見て、異艦隊の左翼を進んでいる。この均整のとれない配列はなにを意味するのか。そう考えた瞬間、プロジェクターが明滅しはじめ、異艦隊が消えた。

「いまのはなんだ？」ヴァルヴルは驚いてたずねた。

「過去三回と同様に」と、マシンは興奮することもなく答えた。「高次連続体にうつったのです。すばやく移動するために」

＊

「プラクエト、きみのチームは準備ができたのか？」

プラクエトは資料から大型探知スクリーンに視線をうつした。そこには宇宙要塞のうち、ふたつがうつしだされている。まもなく、ちっぽけな搭載艇に乗りこみ、そこに向かわなければならない。そう考えると頭がくらくらする。

「準備完了し、乗員は艇内で待機中です」と、マソを見ずに応じた。

「きみがこの任務の価値をわかっているといいのだが」と、艦隊司令官。

わかっているとも。プラクエトは思った。わかりすぎるくらいだ！　艦隊ネストにある自室で腰をおちつけ、ルゴシアードの最新結果に目を通すことだってできたはずなのに。そのかわりに、いまわたしは艦内で出撃にそなえている。命とりとなりかねない任務だ。

「わたしには、その価値がわかります」と、応じてみる。「それでも、すでに任務を完了していたなら、もっと快適に感じるでしょう」

「戦士たる者、そのようなことは口にしないもの！」マソの声が響く。

「わたしは戦士ではありませんから」プラクエトが反論する。「エンジニアです」

「すぐれた戦士となる素質をそなえたエンジニアだ」マソはまったく予想外の方向に話題を展開した。「公爵たちは期待している……」

そこで、言葉がさえぎられる。通信装置がけたたましく鳴ったのだ。艦隊司令官は装置を振りかえった。

「探知。箱形船一隻が要塞をはなれていきます。適度な加速度で。いい傾向です」

「《ロラタン》を出撃させるのだ！」マソがどなった。

「すでに出発しました、司令官」

短い音をたてて通信が切れた。マソは振りかえり、プラクエトを見つめた。エンジニアは、おっくうそうに立ちあがると、

「わたしもすぐに出発します」と、告げた。その表情は、みずからの運命を甘受した男のものだった。

＊

奇妙な興奮にヴァルヴルはとらわれた。重要な点に気づいたのだ。マシンがそれをしめしたわけではない。フォーメーション分析をマシンに要求し、そのデータをもとに異艦隊の不規則性に気づいたのは、ヴァルヴル自身だ。

ひょっとしたら、クラス四のマシン監視者であるおのれは、これまで思っていたより

も重要な存在なのかもしれない。とはいえ、なにをすればいいのか？　自分は、実領域の安全を守るためになにもできないだろう、と、これまでの生涯ではじめて感じる。この瞬間、異人が二千都市を全滅させるためにやってきたとだれかに告げられたなら、その危機を回避するためになにができるというのか？　だれをたよればいいというのだ？

七つのよき精霊すべてにかけて！　このような状況は、過去にもあったにちがいない。どのように、マシン監視者たちはそれに対処したのか？　実領域を守るために、なにをしたのだろう？

「ひとつの方法は、第一監視者に知らせることです」目の前のマシンが告げた。

「第一監視者？」ヴァルヴルが驚いてくりかえす。「そのような者がいるとは知らなかった。どのマシンを担当しているのか？」

「二千都市全体を見張っているのです」

「その者の存在について、いままで聞いたことがなかったのは、なぜだ？」

「これまで一度も第一監視者を必要としなかったからでしょう」

「どうすれば連絡がとれるのか？」

「このコンソールにスイッチがあります。その機能について、あなたはすでに何度も考えてきたはず。それを作動させるのです。そうすれば、第一監視者に連絡がとれます」

ヴァルヴルは、すぐには反応しなかった。その手のしろものがどのように作動するか知っている。ほかのマシノーテの呼び出しコードを入力すれば、次の瞬間、呼びだされた相手がスクリーンに出現するのだ。まるで相手が同じ室内にいるかと思うほど、いやな感覚に襲われる。ヴァルヴルはからだをまっすぐにし、把握アームでスイッチに触れた。

実際は想像していたものとはまったく違っていた。スクリーンにあらわれたのはマシノーテではなく、複雑な装置であふれた室内の映像である。テレパシーによる声がとどいた。ヴァルヴルは確信する。この声の持ち主は、賢く自信に満ちた存在だろう。

「なにか重要な報告があるのだな、ヴァルヴル？」声がたずねてくる。

驚いた。第一監視者は、なぜわが名を知っている？　ヴァルヴルは、はじめはつかえながらも、のちには流暢《りゅうちょう》に報告した。

「きみはとても注意深い、ヴァルヴル」と、第一監視者。「実際、異人は今回なにか特別なことを計画しているようだ。こちらの飛行プランによれば、連絡船一隻がきみの住む都市から出発する予定になっている。それが異人の狙いかもしれない……これまで、かれらを苦もなく都市から遠ざけてきたが。もっとも、スクリーン上の第二の飛行体の役割は、いまのところ不明だ。二隻とも、きみの都市に接近している、ヴァルヴル。油断せず、見張ったほうがいいだろう」

「そうします」と、ヴァルヴルは応じた。

「それから、まだいっておくことがある」と、声がふたたび語りはじめる。「重要な動きに気づいたら、すぐにわたしに連絡をよこすのだ」

通信がとだえ、ヴァルヴァルは思った。非常に重要な存在と話をしたのだ。マシノーテのなかには、実領域すべての運命を決定する存在がいるのではないかと、すでに何度も疑問に思ったもの。いま、その答えが見つかったような気がした。

「なぜ、わたしは第一監視者と接触できたのか？」誇りに満ちたようすでマシンにたずねた。

「責任を自覚したマシノーテはすべて接触できます」応じたマシンの声に興奮がさめる。「わたしがあなたの立場ならば、第一監視者からあたえられた任務にいますぐ集中します」

「いわれなくても、そうするとも」ヴァルヴァルが抗議の声をあげる。

「そうしていません。この都市に接近してくる二隻に目を光らせなくては」

「だが、その二隻はまだ……」

「いいえ。あなたが第一監視者と話しているあいだに、高次連続体から出現しました」

室内後方のスクリーンの映像は変化していた。異飛行体が二隻うつる。まるですぐ目の前にあるかのように、はっきりと見えた。同時に、右側から箱形連絡船の輪郭が映像にはいりこんできた。数分前に都市をはなれた連絡船だ。異飛行体の一隻が方向転換し、連絡船につづく。もう一隻はもとのコースをたもちながら、高速で都市に近づいてきた。

＊

プラクエトは、からだのかたちに完全にあったシートにうずくまり、目の前の大スクリーンにうつしだされる奇妙な光景を見つめていた。小型搭載艇はいまだに旗艦《ジェクオテ》内にとどまっている。もっとも、それもあとどれくらいか。《ジェクオテ》はまもなく小型艇を吐きだすだろう。

プラクエトは、ありとあらゆる可能性に望みを託した。マソが最適と考える至近距離に《ジェクオテ》が到達する前に、要塞側で防御攻撃がはじまるかもしれない。あるいは、旗艦のエンジンが故障するかもしれない。あるいは、宇宙空間の出口が開き、すべてべつの宇宙にさらわれるかもしれない！　なにかが起きれば！　プラクエトは、自身がこの自殺的任務を実行できない理由として、どんなささいな機会をも利用するつもりだった。

不信感にあふれ、グロテスクな構造体を凝視する。旗艦の望遠レンズがとらえたその姿は、まるで数キロメートル先に浮かんでいるように思える。広大なプラットフォームと、その上にならぶ巨大な塔が見えた。左右対称とはほど遠く、塔はまるで酔っぱらいが気分まかせで築いたかのようだ。この未知飛行物体の……たとえマソ司令官が〝ミッバチの群れ〟と名づけた構造体が全体として周囲の星々に対し、相対的に静止しているとしても、飛行物体にはちがいない……大きさについてはおよその見当しかつかない。プラットフォームは最長六十キロメートルとわかっている。それから察するところ、いちばん高い塔の高さは十キロメートルほどだろう。もっとも、塔がなんの役にたつのか皆目わからないが。

不安げにせまい艇内を見まわす。はじめに目に飛びこんできたのは、軽く弧を描く天井にある〝ヒアクラ〟という発光文字だった。この搭載艇の名前だ。それがなんの役にたつのか？　乗員が艇の名を忘れるような状態におちいるとでもいうのか。マソに反論したように、プラクエトは戦士ではない。エンジニアである。これまでの人生を第二十艦隊ネストですごしてきた。ネストでは安全だと感じていた。昇進しなくともいい。たまに故郷惑星で休暇をすごせれば、職業人生すべてをネストですごしても満足だ。なぜ、あの大言壮語のマソは、よりにもよってこのわたしを、まったく未知の異物体への突入部隊をひきいる役に選んだのか？

プラクエトの視線がアイ人のヴジュガにとまった。宇宙服が透明な肌をおおっているが、そうでなければ、その肌を通して体内が透けて見えるはず。ヴジュガの表情は動かない。成型シートに腰かけたまま、まるで彫像のようだ。アイ人が感激しているのか、不安がっているのか、怒っているのか、あるいはいい気分なのか、そのようすから見てとるのは非常にむずかしい。そこにはプレレディの姿もある。水色毛皮におおわれたリスの外見をしたプロドハイマー＝フェンケンだ。アイ人とはまったく異なり、重い制服を着用しているにもかかわらず、全身が震えているのがわかる。恐がっているのだ。この出撃を恐れている者がほかにもいるとわかって、プラクエトは自信をほんのすこしとりもどした。

青白い稲妻がスクリーン上をはしる。プラクエトは前方に投げだされるように感じた。大型艦のボディから軋《きし》むような音が押しよせ、搭載艇に伝わる。シートのクッションにより深くからだを押しつけた。視線が、損害診断装置のシグナルを追う。驚いたことに、ひとつも確認されない。このようなもろい艇がこの手のはげしい衝撃にどうやって耐えぬいたというのか。

マソのけたたましい声が受信装置から聞こえてくる。

「いまのは最初の攻撃だ、プラクエト。われわれ、数百キロメートルほど後退させられた。ふたたび接近する。きみたちはバリアに阻止される前に出発するのがいちばんだ」

奇妙なことに、いま、この決定の瞬間、プラクエトの恐怖心が失せた。マシンのような精確さで行動にうつる。格納庫の重いハッチが開いた。《ヒアクラ》が動きだし、格納庫から外に飛びだす。ごくわずかな強度のエネルギー・フィールドが搭載艇をつつみ、動きを安定させた。

プラクエトは、後部スクリーンを一瞥《いちべつ》。《ジェクオテ》の巨大な艦体は動かず、ただ漆黒の宇宙に漂うように見える。二隻の相対速度は、ほぼゼロに近い。宇宙のどこかが痙攣《けいれん》する。次の瞬間、巨大な旗艦がまるで数十の投光器に照らされたように見えた。

プラクエトは装置を凝視する。搭載艇が速度をあげ、巨大な宇宙要塞の持つ質量の自然重力にひかれながら、ゆっくりと近づいていく。できることなら、エンジンを作動させたい。これでは、次の行動にうつれるほどプラットフォームに接近するまで、何時間もかかるだろう。その一秒一秒が耐えがたい緊張であふれ、神経がすりへる。とはいえ、エンジンを作動させれば、近よりがたい異人に対してみずからを皿にのせて運ぶようなもの。エンジンのエネルギー性散乱放射は、宇宙要塞の探知装置から十秒も逃れられないだろう。

「賢人は正しい」ハイパー受信装置から聞き慣れた声がした。

プラクエトは軽く頭をかたむけ、ほほえんだ。いまのは、とりきめておいた合言葉である。すべてが計画どおりに進んでいるという意味だ。

プラクエトは応答しない。これにより、答えたも同然だろう。

2

ヴァルヴルは、室内後方のマシンがうつしだす奇妙な光景に魅了されていた。異飛行体二隻は、完全に艦隊からはなれたようだ。そのうち一隻は都市タラトにまっすぐ向かってくるコースをたもつ。もう一隻は、数光分はなれたコースで都市を通りすぎようとしている。

過去三回は、艦隊がまとまって都市のひとつを襲撃してきたもの。それでも、こちらはいともたやすく追いはらった。こんどはたった一隻で、より多くの成果が得られるとでも考えているのか。ヴァルヴルは興味をそそられながら、飛行体の動きを見つめた。すると、燃えるような光芒が飛行体の白い外殻をかすめる。バリア・フィールドに衝突し、はねかえされたのだ。異人のからだがどのようなつくりなのかは見当もつかないが、完全に損傷なく、このはげしい衝撃を生きながらえるのは不可能に思える。それゆえ、まもなく飛行体がふたたび動いてバリアに突進するのを目《ま》のあたりにし、ヴァルヴルは驚いた。

この第二の試みも失敗に終わる。成功する見こみはまったくないと、どうやら異人にもわかったようだ。飛行体はちいさな半円を描いて回頭し、加速しはじめた。どうやら、最短距離で艦隊にふたたび合流するつもりのようだ。

ヴァルヴルは、もう一隻に注意を向けた。第一監視者の推測どおりだ。異飛行体は、タラトから隣接都市ログハルに向かう箱形船に、あと数光秒の距離まで接近している。緊張感が増していく。この手の状況はまだ経験したことがない。

「なにが起こるのだろう?」マシンにたずねてみた。

「見ていればわかります」と、返答があった。「まもなくです」

稲妻がひらめいた。一瞬の出来ごとだったが、信じがたいほどの明るさだ。視覚器官が混乱し、光がどこから発せられたものなのか確認できない。結果は衝撃的なものだった。異飛行体が突然、失速したのだ。まるではずみがついたかのように、垂直軸を中心に回転しだす。それに対し、箱形船はびくともせず、決められたコースを進んでいく。そのようすを見つめていると、まもなくスクリーンから消えた。

異人はこの奇妙な作戦行動のさい、損傷をこうむったにちがいない。数分が経過し、飛行体はふたたび制御をとりもどした。前進し、艦隊の後方につづいて進む。映像がまたたき、やがて消えた。

「これ以上、見るべきものはありません」マシンが告げる。

「いまのが、たんに二隻を艦隊から離脱させ、ばかげた操作をさせるためだけの作戦行動だったと思うか？」

「そのように見えます」マシンが平然と応じた。

しかし、ヴァルヴルは確信が持てない。異人の知性がとりわけ高いとも思えないが、本当に特別な目的もなく、あれほど不器用な行動をとったというのか？

ヴァルヴルは驚いた。スクリーンが明るくなりはじめたのだ。奇妙なマシンであふれた室内がうつしだされ、第一監視者の声が聞こえた。

「都市タラトのきみが住む地区で、助言者会議が開催される、ヴァルヴル。きみにも出席してもらいたい」

＊

「クランのライオンに、むさぼり食われるがいい！」

この言葉はマソのあふれんばかりの感情から発せられたもの。

《ジェクオテ》の損害診断装置が報告したのは、とるにたりない被害だけだ。だが、マソは気づいていた。異人のバリア・フィールドの影響は、目で見るそれとまったく異なる。実際、旗艦が一瞬で数百キロメートル後方に投げとばされていたなら、こっぱみじんに吹きとんでいただろう。あのフィールドはおそらく、ハイパーエネルギー性効果を生じさせ、機械的にではなく、一種の時空遷移により相手を移動させるのだ。その効果は、きわめて劇的なもの。いきなり生じた推力に対し、反重力装置がすばやく反応しきれなかったため、乗員たちは頭や手足をぶつけ、機器類の固定具もゆるんだ。

「まともな戦いさえできない者たちなのだろう」マソがうなるようにいう。「どう思う、ペルトルトル？」

ペルトルトルは《ジェクオテ》の第一艦長である。

「あなたにとっては、むしろ《ジェクオテ》が破壊されたほうがよかったのでは？」と、たずねてくる。

「そうだとも！」と、マソ。「そうすれば、わが後継者には、利用可能なあらゆる火器を投入し、この見えない一味を攻撃する理由ができたわけだ」

「ですが、その場合、あなたも死んでいたでしょう」ペルトルトルが考慮をうながすように告げた。

「それをだれが意に介するのだ？」と、マソが声をとどろかす。「兵士というのは、自身の義務をはたすために存在する」

あなたやあなたの兵士はそうでしょうが、と、ペルトルトルは上官に敬意をはらうことなく思った。もし、わが身に同じような事態が起きれば、わたしは生きのびたい。

それでも、考えを口に出すのはひかえた。艦隊司令官を刺激するのは賢明でない。マソは、保守的な教師陣が昔を懐かしむような教育機関で訓練された、古戦士のひとりなのだ。その時代のクラン人は、まだ実際の戦闘を指揮していた。スプーディで満たされた容器を銀河じゅうにひろめるという、平和的手段のかわりに。

「おしゃべりはもう充分だ」マソがうなるようにいう。「《ロラタン》についてなにか情報は？」

「最悪の被害をこうむりました」ペルトルが応じた。「新型兵器にやられたようです」

「兵器の効果はわかったのか？」

「《ロラタン》は突然、減速し、回転しだしました。乗員の大半が数分ほど意識不明におちいったため、ロボットが艇を安定させ、危険ゾーンを脱したようです」

「乗員を失ったのか？」

「いえ、ひとりも」

マソはため息をついた。

「先ほど同じことをいったが、まともな戦いさえできないのか！　いまや、プラクエトと《ヒアクラ》に望みを託すだけだ」

＊

羽根が沈んでいくかのように、おだやかに搭載艇はプラットフォームに降りた。この位置からの要塞の眺めは、印象的で恐ろしくもある。《ヒアクラ》は、巨大な塔ふたつのあいだのせまい空間に着陸した。塔は高さ数キロメートルほど。ほのかに輝く金属製の滑らかな壁が、天に向かってそびえたつ。窓は見あたらず、単調な壁だ。建ちならぶ塔はほぼ円形の基部を持ち、上に向かうにつれて細くなっていく。もっとも、ふたつとして似かよったものはない。

この巨大建造物の金属壁に、不規則な間隔で太陽灯がとりつけられている。とはいえ、わずかな光がプラットフォーム表面に達し、そこに薄暗い半円を描くだけで、すこしの影もない。ときどき、太陽灯が光って見えた。プラクエトは、この現象がなにを意味するか知っている。屋外の空気がそれほど薄くはないということ。《ヒアクラ》のエンジンを切ると、要塞の重力が感じられた。慣れた通常数値の半分をわずかにうわまわるくらいだろう。奇妙な構造体の質量による自然の重力ではない。人工重力フィールドが大気層をプラットフォーム表面につなぎとめているのだ。プラクエトはほっとした。人工重力がなければ、流されないように宇宙服の重力プロジェクターを作動させなければならないから。そうなると、散乱エネルギーの発信源として容易に見つかる危険がある。

同行者二名に向きなおり、告げた。

「ヴジュガ、プレレディ、艇を降りるぞ。準備はいいか？」

アイ人は、頭をヘルメットでおおっていた。透明ヴァイザーを通して、透き通った額から頬にかけてのくぼみが光るのが見える。第二十艦隊ネストでは、プラクエトの同僚に多くのアイ人がいる。すぐれたエンジニアたちだ。かれらの視覚コミュニケーション・コードなら、まねるのは不可能だとしても理解はできる。ヴジュガは〝準備完了〟と、伝えたのだ。

プレレディは、無言でヘルメットを閉じた。つぶらな目のなかに決意があらわれている。恐れを克服したようだ。

プラクエトは宇宙服をきちんと着用すると、たがいに通信テストをおこなった。ヘルメット・テレカムは最低出力に調節ずみだ。電磁ベースで作動するため、この出力では、ほんの五十メートル圏内しかとどかない。

「可能なかぎり、通信はひかえるのだ」プラクエトが告げた。「要塞内の空気が呼吸に適するものと判明した場合、ヘルメットをはずそう」

プレレディが最後の言葉をくりかえし、ヴジュガは同意の合図をしめす。意思の疎通をはかれたようだ。ヴジュガがスプーディのはいった容器を幅広のベルトに結びつける。一行はエアロック室から、プラットフォーム表面にすべりおりた。プラクエトは宇宙服の袖に組みこまれた計測装置を調べ、両手で、あるジェスチャーをした。実験を試みたいという意味だ。プレレディは恐怖のあまり、硬直している。プラクエトがゆっくりと慎重にヘルメットを開けると、外側マイクがわずかなノイズをひろった。

耳鳴りがして、プラクエトは麻痺したように立ちつくした。はげしい圧力に脳が圧迫され、目眩《めまい》を感じる。慎重に空気を吸った。装置の表示どおり、空気は薄いが、呼吸は可能のようだ。そのまま二分ほど待ち、それから規則正しい呼吸を試みる。頭の圧迫感がゆるみ、耳鳴りもおさまった。プレレディとヴジュガにまねをするよう、ジェスチャーでしめす。

十分後、三名とも異質な環境に順応した。プラクエトの懸念も減った。ヘルメット・テレカムはもう必要ない。クラン人は右側に位置する塔の基礎部をさししめした。《ヒアクラ》の艇首方向だ。

「入口を探そう」と、告げる。その声は、妙にかぼそく、甲高《かんだか》く聞こえた。

「べつべつに探してはどうです?」プロドハイマー＝フェンケンが提案する。「つまり……」

「基礎部の周囲は、すくなくとも十キロメートルある」プラクエトが言葉をさえぎる。「ここで別れたら、二度と会えないだろう」

塔の基礎部周辺のプラットフォーム表面は、遠目に見えたようなたいらなものではなかった。あらゆる種類とかたちのちいさな構造体が、いたるところにつきだしている。最大で十メートルの高さの、ドーム形構造体が多い。どのような役割をはたすものかは不明である。どこにも開口部は見あたらない。プラクエトは不安に駆られはじめた。要塞内部につづく入口はこちら側にはないのではないか。おそらく、箱形船が発着していた、あの巨大エアロックが唯一の入口なのだろう。

ドームのひとつに近づく。高さは三メートルもないだろう。すると、だれかに話しかけられた。未知の言語だ。いくつか単語が聞こえたが、どれひとつとして意味がわからない。驚いて振りむく。

「いったいなんなのだ?」どこから声が聞こえてくるのかもわからない。そっとブラスターをつかんだ。ベルトのホルスターから銃把《じゅうは》がつきだしている。

ドームの壁が動きだした。隙間が生じ、とうとう二メートル幅に達する。その奥に、ある程度明るく照らされた通廊が見えた。ゆるやかに下方へと傾斜している。

「罠です」つねに用心深いプレレディがいった。

「そうは思わない」プラクエトは手を振り、「たんに親切な門番に出くわしただけだろう」

ヴジュガに向きなおる。アイ人は口に出さなくとも質問を理解したようだ。頭のくぼみが明滅しはじめた。

「なるほど、さっきのあれはロボット音声だったのか」と、プラクエトが解読した。

いまなお抵抗はあったが、それでもヴァルヴルは第一監視者の指示にしたがうつもりだ。空間断層を閉じて、会議室に向かった。そのさい、会議室がある地区の中心部に直接つづくエネルギー・ルートを利用する。

＊

ところが、空間断層が閉じるか閉じないかのうちに、どうやら過ちをおかしたようだとわかった。最後の分裂期が終わってから、あまりに長い時間が経過している。このような状況では、ひたすら最大の注意をはらい、空間断層をあつかうべきなのだ。すこしでもいつもと違うことをしただけで、分裂プロセスをひきおこしてしまうから。

痛みがヴァルヴルの体内に生じた。会議室は思ったほどすぐには目の前にあらわれず、閉じた空間断層のなかに閉じこめられたままだ。暗闇が周囲をつつむ。すこしの重力も感じない、無限の暗い空間だ。ひきさかれるような痛みに苦しみながら、慣性にしたがい空間を漂う。分身など嫌いだ。その顔をはじめて見るまでもなく。よりによっていま、分裂プロセスがはじまろうとは！　これでは会議にまにあわないではないか。

痛みがやわらいでいく。分裂が完了したのだ。この暗闇のどこかに、わが身とわが知識をうけついだ分身が漂う。この世に生をうけた瞬間、どのマシノーテにも授けられる任務をかれも授かっており、それに専念する用意があるはず。それでも、独自の知性を持つ独自の存在なのだ。分裂が完了したいま、都市のほかのどの住民とくらべても、前身であるヴァルヴァルととりわけ似かよっているわけではない。

やがて、明るくなった。空間断層が開いたのだ。ヴァルヴァルは依然として、せまいマシン室にいた。そこを出て会議室に向かったはずだが。ヴァルヴァルをよく知る者なら、かれが肉体の構成物質をわずかに失ったことがわかるだろう……それでも、もう一体の存在がどうやって生じたのか、説明するには充分とはいえないが。その分身は、ヴァルヴァルのそばでマシンの制御コンソールによりかかっていた。

「わが身から分裂するなら、べつのタイミングを選んでくれればよかったものを」ヴァルヴァルが愛想なく声をかける。

「わたしはタイミングを選べない」と、分身が応じた。「あなた自身の責任だ」

ヴァルヴァルは他者といっしょにいなければならないことに腹がたった。会議室に向かわなければならないだけでも、充分に不愉快だというのに。いったいなんの義務があるのだろう。

「きみは、ポルポルと名のるがいい。自身の任務はわきまえているな。それをはたすのだ！」

「わたしが自身の任務を知らない場合は？」と、ポルポル。

ヴァルヴァルは有柄眼を前方に長くのばした。

「ばかな。どのマシノーテも、生まれながらにしておのれの任務を知っている。きみは本当のおろか者のようだな。きみのそばには長くいられそうもない」

「わたしもあなたに好感を持てそうにない」ポルポルがつっけんどんに返した。

「十九のすべての悪魔に食われろ！」ヴァルヴルが発話孔から怒りの声をあげる。

次の瞬間、ポルポルが消えた。空間断層を閉じ、エネルギー・ルートのひとつに進んだのだ。

ヴァルヴルのほうは会議室で実体化した。出席者たちが、まぎれもなく非難するように、視覚器官をあげる。ぜんぶで五体だ。円形室内の床に腰をおろしている。ヴァルヴルが姿をあらわすまで、その有柄眼は壁のスクリーンに向けられていた。その映像はすでに見慣れたもの。奇妙なマシンがならぶ部屋がうつっている。それにしても驚いた。第一監視者がみずからこの会議の議長をつとめるとは！

「きみを待っていた、ヴァルヴル」スピーカーから既知の声がする。

ヴァルヴルは、助言者たちを見たとたんに襲われた不快感をおさえこんだ。

「まったくの予想外でした。分裂期にはいってしまったのです」

「ああ、きみを見ればわかるとも、ヴァルヴル」と、第一監視者。「これで全員そろったな。会議をはじめよう」

ヴァルヴルは、助言者五体をひそかに観察。だれもがスクリーンに集中している。かれらはこのような会議にすでに何度か参加したことがあるのか、と、自問した。同時に、驚く。ほかのマシノーテのそばにいると不快感に襲われるものだが、それを容易におさえこむことができたのだ。そして、疑問に思った。なぜ、第一監視者はよりによってわたしを、この会議に呼んだのか。

「マシノーテがこの宇宙セクターに定住して以来」スピーカーから声がする。「実領域は、すでに何度と近傍の星間種族の好奇心の的となってきた。多数の訪問者があらわれたが、歓迎されていないと知ると、だれもがたちまちひきかえしたもの。

マシノーテがなぜ、よりによってこの宙域を拠点として選んだのか、おそらく、きみたちのだれもわからないだろう。マシノーテの存続は、周囲の〝宇宙の襞《ひだ》〟を操作できるかどうかにかかっている。空間震動がなければ分裂期はなく、分裂期がなければ出生もない。空間断層を開いたり閉じたりするすべを知らなければ、マシノーテはとうの昔に滅びていただろう。〝宇宙の襞〟を操作するこうした能力には、宇宙空間のある特質が持続的な影響をおよぼす。能力を発揮するのが困難になる宙域もあれば、特定の状況により、たやすくなる宙域もある。現在、マシノーテが住まう宇宙セクターでは、そのエネルギー性背景により、能力が充分に発揮できる。そのためにここが選ばれた。ここより目的に適した場所は、周囲の十万光年以内に存在しない。換言すれば、マシノーテはここに永久に定住するわけだ」

ヴァルヴルは驚くと同時に、感銘をうけた。このような長い演説ははじめて聞いた。自身の会話ときたら、マシンとかわす言葉にかぎられたもの。それにはごくかんたんな文章しか必要とされないし、マシンがおのれの一挙一動を知り、思考まで読むことが可能な状況では、会話がはずむわけもない。だが、ここには自己表現のしかたを理解する存在がいる。

第一監視者はつづけた。

「最近、ふたたび異人と関わることになった。とはいえ、これまで実領域を訪問したがった者たちとは違う。しつこいタイプだ。くりかえしやってくる。この前の訪問で、バリア・フィールドが展開されているため都市に接近できないのだと、あらたに発見したらしい。そこで、連絡船のひとつを拿捕《だほ》しようと試みた。連絡船が都市同様に強力に武装していることには気づかなかったようだ。異人はふたたび追いはらわれた。かれらがこのあらたな失敗を教訓として生かすならば、さらなる懸念をいだく必要はない。だが、この異人はそれほどかんたんに退去させられないのではないかと、わたしは危惧している。

つまり、あらたに大々的な保安対策をとることが重要だ。ここに集《つど》うきみたちに提言する。これまでの、マシン監視者やそのたぐいの役割を捨て、あらたな任務につくのだ。都市の安全は、今後、きみたちの肩にかかっている。異人が一部隊をこっそり都市のひとつに潜入させるのは、不可能ではないだろう。それぞれが自身の担当領域に目を光らせなければならない。

創始者たちの言葉を借りるならば、マシノーテは異文化との接触には関心がない。はたすべき本来の任務があるのだ。自身の力だけで。異人の助けなしで！」

〝創始者たち〟という言葉を聞き、ヴァルヴルは畏敬の念に震えた。全宇宙を監視する、かの謎めいた存在である。かれらについての話を聞くことはめったにない。

だが、たちまち目眩に襲われそうになる。もう、自身のちっぽけなマシン室にもどってはいけないのか。だとすると、十三の精霊すべてにかけて……これからなにをすればいいのか？　どうやって、都市の安全を守るというのか？　実際、異人が都市タラトに侵攻してきたならば、どう対処すればいいのか？

ヴァルヴルはあたりを見まわした。ほかの助言者五体は自分以上に賢くはなさそうだ。どの有柄眼もしょんぼりと垂れている。アイデアはないようだ。いつのまにか、スクリーンが消えていた。第一監視者に話しかけることはもうできない。ヴァルヴルは、これを冷静にとらえた。どのみち、監視者にこちらから接触しようとは思わないが。

あることを思いついた。ふたたび、わがマシンのところにもどって、助言をもとめればいい。あのロボットは賢い。ときおり、自身よりも実領域についてずっと多く知っているような気がするほどだ。

空間断層を閉じ、帰路につこうとした瞬間、ある考えが脳裏をよぎった。第一監視者はどうやら、さりげなく非常に重要なことを告げたのだ。マシノーテが自身の力だけではたすべき本来の任務についてである。ヴァルヴルは、これまで絶望に打ちのめされてマシンのコンソール近くで何時間も費《つい》やし、おのれの存在意義を何度となく問うたことを思いだした。

第一監視者が、だれもがその完遂をめざして従事するべき任務について知っているならば、それがどのようなものであるのか、なぜマシノーテに明らかにしないのか？　ヴァルヴルはいつのまにか、確信にいたった。自身の存在意義に絶望しているのは、おのれひとりだけではけっしてない。だれか、本来の〝任務〟について知る者がいるならば、なぜそれについて語り、不安に駆られた者たちを疑心から解放しようとしないのか？

＊

プレレディは、通廊の両わきにならぶ奇妙なマシンと装置類を、うさんくさそうに凝視しながら、

「ここはいやな感じがします」と、告げた。

ヴジュガが明滅をはじめる。プロドハイマー＝フェンケンはこれに気づき、

「ガラス人はなんといっているので？」と、たずねた。

「すべてのプロドハイマー＝フェンケンは、異環境に足を踏みいれたとたん、ひどく興奮した妄想に苦しむようになる、と、いっている」そう告げ、プラクエトは愉快そうにほほえんだ。実際、アイ人はずいぶん大げさに表現したものだ。

「ヴジュガは発言に気をつけたほうがいい」プレレディが怒りをあらわにいった。突然、驚いたように、「いまのはなんです？」と、いう。

プラクエトもまた、物音が聞こえたような気がした。だが、見わたすかぎり、通廊にはひとけがない。奇妙なマシン類は、まるで廃棄物のように見えた。プラクエトは、マシン同士の、あるいはほかの装置とのつながりをしめすような接続を探したが、見あたらない。

ヴジュガがふたたび明滅をはじめた。

「どこか近くで、人工重力フィールドを変動させる軽度の障害が発生しているらしい」プラクエトが説明する。

一行はゆっくりと進んだ。エンジニアは、ブラスターを手にしていた。両目を通廊のすみずみまですべらせる。まるで、周囲のすべてを逃さないマイクロ波探知アンテナのようだ。

「あの奇妙なしろものはなんでしょう？」プレレディがたずねた。

そのディスクは、まるでゆがんだ車輪のように見えた。マシンのひとつに、ななめによりかかっている。濃い褐色で、そうかんたんには分類できそうもない物質でできているようだ。車輪のおもて側、つまり本来ならばハブがあるべき場所に、透明な半球がはまっている。半球の内部では粘液がゆらゆら揺れ、そのなかに構造体の塊りが浮かんでいて、一部はディスク自体につながっていた。あらゆる推測を試みたものの、塊りの機能は不明だ。ディスクの裏側からは、ふくらんだザイルのような暗褐色のしろもの数本が生え、床までのびている。その周囲のディスク表面は半透明で、紐や支柱のようなものがもつれあって見えた。この奇妙な物体の内部骨格をなすもののようだ。車輪ディスクの直径はおよそ一メートル、厚みは三十センチメートル。

プラクエトは困惑して後退した。異臭が鼻をつく。かすかなものだが、筆舌につくしがたい、異質なにおいだ。

「これから、なんらかのイメージがつかめるかもしれない」不機嫌そうになる。「もっとも、これがなんなのか、わたしにはまったく見当もつかないが」

「合成物質のように見えます」と、プレレディ。「おそらく、大型マシンの有機構成要素かなにかでしょう」

プラクエトは、奇妙な物体の写真を何枚か撮ると、先に進んだ。十メートルも進まないうちに、ヴジュガが興奮したようすで明滅し、うろうろしだした。発光信号があまりにはげしく変化するので、プラクエトにはいくつかの単語の断片を理解するのがやっとだ。

「重力……軽度の衝撃……」

アイ人は、腕をさしだしている。プラクエトはその先を目で追った。

車輪が消えていた。

3

ヴァルヴルは混乱していた。この状態では、言葉で表現するのはむずかしい。助言者の会議でなにがあったのか、マシンに説明できるようになるまでかなりの時間を要した。

「それは注目に値《あた》いする任務です」マシンがコメントした。「どうやら、第一監視者は、そのような責任を負うのに、あなたがとりわけふさわしいと考えているようです」

〝責任〟という言葉は、ヴァルヴルの日常のボキャブラリーにはない。マシノーテは分裂により生まれた瞬間から、自身がどのような任務をになっているかを知っている。そして、その役目に生涯を捧げるのだ。そのあいだ、いくつもの分裂期をへて、種の存続をになう。栄養を補給し、渇きを癒し、休息をとり、マシンと会話し、可能なかぎり自身の役割をはたす。責任がはいりこむ余地など、どこにあるというのか？

マシンが、ヴァルヴルの混乱に気づき、声をかける。

「創始者たちは、危機がさしせまった瞬間、通常の生活秩序を一時的に放棄することにしたのです。種の存続と、未知なる侵入者に対する防衛……このふたつが緊急事項です」

「それがつまり、第一監視者が、マシノーテの……本来の任務と呼ぶものなのか？」ヴァルヴルが不安げに問いただす。

マシンはすぐには答えなかった。

「いいえ」と、ようやく口を開く。「偉大な任務……マシノーテの存在目的は、べつのものです」

「では、わたしはどうやってこの都市の安全を維持すればいいのか？」ヴァルヴルがたずねる。

「その質問にわたしは答えることができません」非常に驚いたことに、マシンがそう告げた。「それは、わたしの視野をこえるものです」

「なるほど。だが……」

「あなたにべつのマシンを紹介することもできます。カテゴリー八に属するマシンなら、あなたの助けになるでしょう。わたしの視野を何倍もしのぎますから」

もはや、ヴァルヴルの理解の範疇《はんちゅう》をこえていた。

「つまり、マシンには、それぞれ異なる視野があるというわけか？」と、驚いてたずねる。「で、その〝視野〟とはなんだ？」

「マシンの記録容量と動作領域の範囲のことです」と、回答がある。「自身の位置を見わたせないほど、せまい視野を持つマシンもあります。カテゴリー二十のマシンで、たとえば、門番や自動弁のようなたぐいです」

「八よりさらに高いカテゴリーはあるのか？」ヴァルヴルがたずねた。

「存在すると思いますが、それについては知りません」

マシノーテは突然、自身のあらたな任務に対して感激をおぼえた。

「そのようなマシンと、どうすれば接触できるのか？」

「正確にマークされたエネルギー・ルートが、そこまでつづいています。そのマークを説明しましょう……」

ヴァルヴルは、特徴的な動きを感じた。近くでほかの存在が空間断層から出てくるときに生じるものだ。驚いて、振りむく。背後に、あまり強靭《きょうじん》につくられたわけではなさそうな一マシノーテの姿があった。ヴァルヴルは反感をおぼえた。わがマシン室に、なにをしにきたというのか？

だが、このとき、華奢《きゃしゃ》な姿のマシノーテがだれだか気づく。ヴァルヴルは、やがて訪れるであろう災難に対する漠然とした予感に襲われた。

*

プラクエトは驚きのあまり、身長三メートルほどのからだで直立したまま、動けなくなった。不安な気分に襲われる。コンビネーションの中央部分を形成する幅広のベルトに触れ、振りむいた。背後にいたプレレディが不安そうにしがみついてくる。こちらを見あげながら、

「ふたりとも、わたしのことを笑ってください」と、震える声でささやいた。「でも、ここは本当に不気味なところです。プラクエト、どうか搭載艇にもどりましょう」

アイ人はすでになにかを見つけたようだ。頭部表面のくぼみが明滅する。

〈ほとんど同時に発生したと思われるふたつの現象を確認しました〉と、説明。〈まず、軽度の重力衝撃。つづいて、ハイパーエネルギー性散乱放射です〉

プラクエトは知っているが、アイ人は繊細な感覚器官を持つ。これにより、ほかの者には想像もつかないような事象を認識できる。まさにこの能力があるからこそ、ヴジュガを任務に同行させるよう、要求したわけだ。

「そのふたつの現象は、消えたあの……車輪と関連があるのか?」と、たずねてみる。

〈これほど同時に起きる現象は、偶然の一致ではありえません〉ヴジュガが明滅した。

「その車輪だが。あれはなんだと思う?」

〈われわれを見張るために、ここに派遣されたロボットか、あるいは……〉

そのまま口をつぐみ、床に視線を落とした。プラクエトが、言葉をひきとる。

「あるいは、この宇宙要塞に住む異人のひとりか」

アイ人は、肯定するように明滅し、

〈その可能性を考慮にいれなければ〉と、つけくわえる。

一行は、車輪を見つけた場所までひきかえした。奇妙な構造体はあとかたもなく消えていた。例の独特のにおいだけがかすかにのこる。すでに恐怖に震える臆病者をよそおうことをやめたプレレディは、マシン二基のあいだをすりぬけ、

「そこになにかいます！」と、驚きの声をあげた。「聞こえませんか？」

プラクエトの耳はあまりに鈍感で、かすかな物音をとらえることができない。だが、ヴジュガは肯定するように明滅した。

「うなるような音が徐々にしずまっていくのが聞こえます」と、プレレディ。

「マシンが作動していたのか」と、プラクエト。

アイ人は動かない。彫像のようにかたまったまま、両手をあげ、片手に八本ずつある細い指をこめかみにあてている。まるでアンテナの役割をはたすかのようだ。プラクエトとプロドハイマー＝フェンケンはしずかにしていた。プラクエトにはわかる。ヴジュガはシグナルを探っているのだ。一分が経過。アイ人が突然、催眠状態から目ざめたように動きだす。はじめのうちは、曖昧《あいまい》な明滅信号だった。

〈……エネルギー・ルート……時間を超越したジャンプ……空間歪曲……〉

プラクエトは、ひきつづき沈黙を守ったままだ。ヴジュガに考えをまとめる時間をあ

たえなければ。アイ人はようやく、首尾一貫した文章で報告しはじめる。

〈これはただのモデルイメージにすぎませんが、ここで見た物体は、時空幾何学的に任意の影響をおよぼせる震動フィールドにつつまれていました……もっとも、ごく近傍の範囲にかぎられたことですが。開いたり閉じたりできる、一種の空間断層です。空間断層が閉じられた場合、対象物体をわれわれの感覚でとらえることはできません。

物体は、空間断層を操作することで移動しています。わたしはある現象のエネルギー性エコーを探知しました。この現象はエネルギー・ルートと呼ぶのがいちばんでしょう。このルートにそい、物体はここから遠ざかりました。その移動プロセスは、恒星間宇宙船が時間軌道へ移行するのに似ている。つまり、この要塞における次元では時間の損失がないわけです〉

ますます驚きながら、プラクエトはアイ人の明滅信号を解読した。

「つまり、われわれはきわめて高度な先進文明を相手にしているわけだな」アイ人の報告が終わると、プラクエトがいった。

ヴジュガが、疑問を呈《てい》する信号を明滅させた。

〈わたしには確信が持てません。特別なものとはいえ、いまの見解では、持って生まれた能力のように思えます〉

プレレディは、とうにマシン類の背後に忍びよっていた。

「帰りたいです」と、泣き言をいう。「ここでは大変な目にあいそうだ」

「撤退はしない」プラクエトはあらぬかたを見つめたまま、物思いに沈みこむように告げた。「それでも、ここからははなれよう。相手の策略の裏をかかなければ」

そして、視線をあげると、

「搭載艇にもどろう」と、告げた。

＊

「ポルポルか?」ヴァルヴルは驚いてたずねた。

「そうだ」相手が発話孔を通して答えた。からだの中央にある透明な器官中枢の下で、発話孔が開いている。

「ここでなにをしている?」

「わからない」どうやら、ポルポルは混乱しているようだ。「自身がどこにいるのかわからないので」

「きみは任務をはたさなければ! どこにいるのかわからないとは、どういう意味か?」ヴァルヴルの反応は、憤《いきどお》りに満ちた実直なマシノーテのものであった。

「わたしは、クラス七、カテゴリー三十のマシン監視者だ。ところが、自身の持ち場が見つからない」ポルポルの声から、絶望したようすがわかる。

「カテゴリー三十など存在しない」ヴァルヴルがそっけなく応じた。たったいま自身のマシンから得た情報をもとに答えたのだ。「それに、クラス七の監視者についても聞いたことがない」

「わたしの持ち場が見つからないのは、たぶん、そのせいだろう」ポルポルがあきらめたようすでいう。

ヴァルヴルは怒りを爆発させそうになった。それでも、その寸前、もっとましな対応を思いつく。分身はどこからこの情報を得たのか？　前身である、このわたしからだ。前身から分身に知識がうけつがれるプロセスは潜在意識下でおこなわれ、その知識により、分身は任務遂行が可能となる。ヴァルヴルが分身を誤った方向に導いたのなら、その責任はおのれにあるわけだ。それだけではない。自分の理性になにか問題がある恐れもある。

不安に駆られ、マシンを一瞥した。結局のところ、カウンセラーの世話になるしかないのか？　ところが、マシンはおだやかな声で告げた。

「それについては心配ありません。よく起きることですから」

「だが、ポルポルはどうなる？　どうすれば、分身を助けることができるのだ？」

「むしろ、かれがあなたをどう助けられるか、ポルポルにたずねたほうがいいでしょう！」

ヴァルヴルは混乱しながらも、分身に向きなおった。

「きみが？　わたしを助ける？　なにか起きたのか？」

「カテゴリー三十のマシンを探すさい、都市の境界近くまでつづくエネルギー・ルートを利用して、一通廊に実体化した。そこで異人に遭遇したのだ」

＊

「われわれの任務は明白だ」プラクエトは、プラットフォーム表面につづくエアロックに向かう途中でいった。「情報を集めること。マソは、どうすればうまくこの異人たちをあつかえるか知りたいのだから。かれがいう〝ミツバチの群れ〟を追いはらい、ダイバン・ホースト宙域での併合活動をつづけるために。異人たちは、われわれがここで観察していることを知っており、われわれの目の前で姿を消す能力を持つ。どうやって、異人を観察すべきか？　マソが必要とするデータを集めるにはどうすればいいか？　かんたんだ。相手に気づかれることなく、観察できる場所に向かえばいい」

「で、それはどこです？」プレレディが懸念するようにたずねた。

「《ロラタン》が追跡していた箱形船が出てきた巨大エアロックのなかだ。わたしはその施設を知っているわけではないが、観察を可能にするような場所が発着用巨大エアロック内にないとすれば、ほかにあてにするべきところはない」

「プロドハイムのすべての神々にかけて！」プレレディが嘆く。「その手の自殺計画に志願するとは、わたしはなんとおろかだったのか！」

「きみが志願したわけではない」と、プラクエト。「わたしがきみを召喚したのだ」

「なぜ、あなたがわたしを？」

「きみにはほかのだれよりも、異生物学についての知識があるからな」プラクエトが簡潔に応じた。「ヴジュガ？」

〈はい？〉アイ人が明滅する。

「異人が超能力的手段、たとえばテレパシーによって、われわれの存在を探知できると思うか？」

アイ人はすぐには答えなかった。

〈むずかしい質問です〉と、ついに明滅信号で応じる。〈ですが、テレパシー能力があるのなら、おそらく、われわれが車輪の前に立ったとき、それをいくらか感じたでしょう……あの車輪が実際に異人であり、ただの一ロボットにすぎないのでなければ。いや、われわれを超能力で探知できるとは思えません〉

「よし」プラクエトは満足したようすで、告げた。「それなら、実際、それほど危険はないだろう」

「いいえ！」プレレディが抗議する。「われわれ、捕らえられ、殺されるかもしれません」

「では、最初にきみの首を切りおとすよう、異人を説得しよう」プラクエトが意地悪く告げた。「きみの泣き声を聞いたら、ヴジュガとわたしを殺す気が湧かなくなるだろうから」

それから数分間、プレレディはひと言も発しなかった。一行はエアロックにたどりつくと、なんの問題もなくプラットフォーム表面に到達。ドーム近くで、プラクエトは立ちどまり、宇宙服のベルトについた装置を作動させた。手短かだが正確に言葉で状況を説明すると、装置がこれを記録する。つづいて、ドームのまわりにそって歩く。前にもそうしたように。出入口のある側にくると、未知の声がふたたび話しかけてきた。プラクエトは前回同様にほとんど理解できない。なんとか会話を成立させようと試みるが、声の主であるロボットは、どうやらまったく単純な知性しかそなえていないようだ。エアロック扉が開き、三十秒後にふたたび閉じた。ロボットは門番なのだろう。発する言葉はすべて、ドアの開閉に関するものばかりにちがいない。プラクエトはしかるべき言葉を発してから、ベルトの装置のスイッチを切り、

「これではトランスレーターはたいした情報を集められないだろう」と、告げた。「とはいえ、言語データが多く集まれば集まるほど、装置は異言語をわれわれのために翻訳できるようになる」

一行は搭載艇に乗りこんだ。プラクエトが安全チェックをすませると、これまでだれも《ヒアクラ》の至近距離まで接近した形跡がないことを確認。フィールド・エンジンを作動させ、ゆっくりと塔のあいだをぬけながら、搭載艇をプラットフォームの先端まで移動させる。そこには箱形船用の巨大発着エアロックがあった。

プラクエトは状況を整理しながら考える。こちらの存在は、おそらく宇宙要塞の住民に知られているだろう。三名が遭遇した車輪ディスクが、すでに観察結果を報告したはず。異人はまず、自分たち侵入者が目撃された区画をしらみつぶしに調べるにちがいない。そう考えるのがもっとも論理的だ。つまり、巨大エアロックに向かうのは戦術的価値のある作戦といえる。

それでも、当惑していた。プラクエトはクラン艦の小型搭載艇の制御コンソール前で腰をおろし、考えあぐねる。どうしたら異人を出しぬけるのか。異人は空間断層を使って姿を消し、エネルギー・ルートにそって時間を喪失することなく移動する能力を持つ。そんな相手を出しぬけるとでもいうのか？　異人がわれわれを捕まえようと思えば、いつでもそうできるのだ。《ヒアクラ》のどまんなかに実体化し、こちらの計画をただちに終わらせることもできるだろう。

そう考えたからこそ、当惑したわけだ。異人には、本当にそれが可能なのか？　かれらにとって、未知なる訪問者など、たいして意味を持たないことはわかっている。激怒したマソが艦載砲で応じるしかないような技術を用いて防衛できるのだから。なぜ、追跡はいまだにはじまらないのか？

異人の出方がどうも腑に落ちない。かれらは、平均的クラン人には想像もつかないほどの多くの手段を持つだろう。それなのに、招かれざる侵入者の小グループに対して防御するのは困難だというのか。

プラクエトは混乱した考えを押しやった。《ヒアクラ》がプラットフォームの先端に近づいていく。どこか塔のあいだに搭載艇をとめなければ。それから、異人がとりわけ目を光らせて守っていると思われる場所に侵入するのだ。

＊

「異なるタイプの三名だ……わたしの目に違って見えるだけではなく、実際、それぞれが違うようだった」

ポルポルが観察結果を報告。言葉を思考パターンで補っている。目にしたものは、実際あまりに異質で、発する言葉だけではたしかな映像を充分に伝えられないから。

「一行はわたしの目の前にいた」と、ポルポルがつづけた。「どうやら、わたしが何者か知りたがったようだ。かれらがわたしにとって奇妙であるのと同じくらい、こちらの姿は相手の目に異質にうつったにちがいない。一行は先に進んでいった。三名とも、からだの下部に固定された、支柱のような長い脚を使って移動していた。わたしはチャンスを見はからい、その場をはなれた」

ヴァルヴルは、無力さと興奮がいりまじった気分だった。都市に異人が！　このようなことがかつてあったか？　マシンに向きなおり、

「どうすればいい？」と、たずねた。

「思うに、カテゴリー八からアドヴァイスをもらう時期かと」と、返答がある。

「わが分身はどうしたのか？　かれには任務がないらしい」

「分身を連れていくのです。重要な発見をしたというのに、ただほうっておくのはもったいないですから」

ヴァルヴルは、心の声に耳をかたむけた。奇妙なことに……ほかのマシノーテのそばに近づくと以前は感じた不快感のようなものを、もうほとんど感じない。

エネルギー・ルートの目印を確認し、ポルポルとともに出発した。マシノーテ二体はひろびろとしたホールで実体化。室内の壁には巨大装置がならぶ。あらゆるカテゴリーに属するマシンだ。ヴァルヴルは装置を順々に調べ、カテゴリー八に属する可能性がもっとも高いマシンをつきとめようとした。ついに、ちいさなコンソールに到達。その前の床にはクッションつきの溝がほどこされている。マシノーテが快適にすごすのにちょうど適した幅だ。ほとんど好奇心から、ヴァルヴルは溝のなかにからだをすべりこませ

た。

　すると、コンソールの一連の制御ランプが目ざめた。心地よい声が響く。

「わたしのアドヴァイスを聞くために、あなたはここにきたのですか？」

　ヴァルヴルは驚いて仰ぎ見た。コンソール上部に大きなスクリーンがある。スイッチははいっていない。

「きみは、カテゴリー八に属するマシンなのか？」

「わたしのひかえめな外見に惑わされないでください」マシンがいやみのない皮肉をこめていう。「わたしの背後には、視覚器官で認識できる以上のものがかくれているのです」

　ヴァルヴルのからだのおもて側中央にある器官半球を満たしている粘液のなかで、有柄眼が動いた。これは驚きに対する反応だ。

「ちなみに、あなたの来訪は知っていました」マシンがしばらくしてつけくわえた。

「カフザクから、そう告げられていたのです」

「カフザク？」ヴァルヴルは驚いてくりかえした。

「おお、マシンがたがいに名前で呼びあっているのをご存じない？　カフザクは、これまであなたがいっしょに働いてきたマシンです。わたしの名はヤプロといいます」

「わたしはきみをそう呼ぶべきなのか？」ヴァルヴルはますます混乱した。

「お好きなように。あなたにはカフザクを名前で呼ぶ必要がなかった。つまり、ここでもかならずしも必要だというわけではありません。ですが、どのようなアドヴァイスがほしいのか教えてください」

ヴァルヴルは、つかえながら語りはじめた。だんだん流暢になってくる。まず、第一監視者が自身と助言者五体にあたえた奇妙な任務について話した。次に、自身の無力さについて。どうやって自身の任務を正当に評価すべきかをカフザクに相談し、結局、かれ……あるいは彼女?……から答えを得るしか、ほかに手だてがなかったこと。それから、分身について。分裂のさいに誤った情報を伝えられたせいで、ポルポルが道に迷い、そのため異人に遭遇したこと。

「それで」と、締めくくる。「わたしがこれからなにをすべきなのか、以前にもましてわからなくなったのだ。異人三名は都市にいる。都市の安全を監視するのがわが任務だ。どうすればいい? 侵入者を攻撃し、追いはらうべきか? わたしひとりで? あるいは、第一監視者に報告しさえすれば、義務をはたせるのか?」

ヤプロはすぐには答えない。いま述べた状況は、どうやら慎重な考慮を必要とするようだ。ついに反応があるが、発せられた第一声がなにを意味するのか、ヴァルヴルには理解できなかった。

「第一監視者の知恵には、いつも魅了されます」しばらく沈黙があって、マシン音声がつづく。「異人が実領域内の生活に影響をおよぼすのを防がなければなりません。これが根本的にもとめられること。侵入者を攻撃して追いはらうことにより、それが実現されるかどうかは、そのつどの状況によります」

ヴァルヴルはいまの言葉を反芻《はんすう》してみたが、役にたちそうもない。そもそもヤプロは、謎めいた、非常にわかりにくい発言をする傾向がある。ひょっとして、これが高次カテゴリーに属するマシンの特徴的性質なのか？　カフザクがなつかしい。あのマシンはつねに単純明快な文章で話したもの。とはいえ、カフザクは、ヴァルヴルの疑問に答えるために不可欠な……なんと表現していたか……ひろい視野を持たないが。

ここで名案を思いつく。おそらく、ものごとは過去から学ぶことができるのだ。

「そのような前例が以前にもあったのか？」と、たずねてみる。

「はい。七千年に一度の頻度で」

ヴァルヴルはすでに学んでいた。〝年〟とは、正確に決められた数値を持つ時間概念を意味する。もっとも、実領域における唯一の具体的な時間単位は一日だ。それにより作業期間と休息期間が決まる。一年は数百日で構成されるため、ヴァルヴルの想像する一年の長さとは、ひかえめに表現すれば、漠然としたもの。それでも、七千年は非常に長い時間のように思われた。

「この種の前例では、どのような対処をしたのか？」と、たずねてみる。

「侵入者を追いはらいました」

「力ずくでか?」

「例外なく」と、ヤプロ。

マシンのあまりにそっけない答えに考えこむ。異人に対処するましな方法はないのだろうか。当時、異人と接触をはかり、マシノーテをそっとしておいてほしいという希望を平和的方法で伝えようとはしなかったのか。それをヤプロにたずねてみる。

「いえ」マシンが応じた。「だれもそのような考えにはいたりませんでした」

ヴァルヴルは決心し、

「ならば、すくなくともわたしがためしてみよう」と、告げた。「異人がどこにいるのかは知っている。ポルポルが観察したから。異人と意思疎通をはかるのは、たやすくはないだろうが……」

「ポルポルが異人を見つけた場所には、もうかれらはいません」ヤプロが割ってはいる。

ヴァルヴルは疑念をいだいた。なぜマシンはいまになって、それについて言及したのか?

「現在、どこにいるのか予想できるか?」

「巨大エアロックに向かっています」と、ヤプロ。

ヴァルヴルは、非常に考えさせられた。このマシンにはさらなる能力を期待していたもの。とにかく、いままでの仲間カフザクよりはずっとひろい視野を持つようだから。しかし、まるでヤプロに挑発されているかのように思える。不充分な答えで、こちらの理解力をためそうというのか。実際にそうなのか？　挑戦をうける用意はある。侵入者と交渉し、実領域をおびやかす危険を、これまでとはまったく違う方法で回避するのだ。

「ほかに、わたしに伝えておくべきことは？」と、ヤプロにたずねた。愛想がいいとはいえない話し方だ。

「ありません」

「よろしい。では、ポルポルとわたしは巨大エアロックに向かう」

意識にしっかりと刻まれているエネルギー・ルートのパターンに集中する。自身とポルポルがもっともすくない負担で巨大エアロックに到達できる道を探した。非実体化する前に、ヤプロの声がふたたびとどく。

「第一監視者は賢い選択をしました、ヴァルヴル」

コンマ数秒後、空間断層が閉じた。ヴァルヴルとポルポルは、かつてマシノーテによって立案されたなかでも、もっとも困難な計画を実行するために動きだした。

＊

プラクエトは、人工重力が突然消滅したのを感じた。次の一歩を踏みだしたとたん、足もとの地面が消え、支えどころを失ったまま、流される。いささか苦労しながらも、回転するからだの動きをふたたび制御できるようになり、プラットフォーム表面にもどった。腹だたしい。巨大エアロック付近では人工の重力フィールドが存在しなくなると、予想すべきだった。エアロックは宇宙船が発着する場所だ。よけいな重力がくわわれば、船の操作が不要に妨げられるだろう。

ヴジュガとプレレディにすべるように近づき、

「これからはきびしい状況になるだろう」と、告げた。「ヘルメットを閉じるのだ。空気がなくなるかもしれない」

宇宙要塞の自然重力のベクトルは、ななめ奥をさししめしていた。わずかな自然重力でなんとかバランスをとる。プラットフォーム表面のいたるところに見られる構造体を蹴って跳びあがっては、進行方向にある障害物をかわしながら進んだ。

プラットフォームの縁は、背景の明るい星々に対し、薄暗い。下方からは、しだいに薄くなる空気に分散され、乳白色の光が押しよせる。エアロックの入口ははっきりとマークされているはず。プラクエトはそう推測した。ふたたび疑問が浮かぶ。この出撃については、自分が責任者なのだろうか。《ヒアクラ》は数キロメートルはなれたところにある。異人に見つかったならば、脱出できる可能性は皆無《かいむ》だ。マソのことを考えた。わたしになにを期待しているのか？　答えはかんたんだ。マソは、知るべきことすべてを知りたいのだ。プラクエトが失敗してはじめて、艦隊司令官はさらなる出撃を計画し、第二の搭載艇を一宇宙要塞の表面に向かわせるだろう。

プラットフォームの縁をすべるように進んだ。支えをたよりに、下をのぞきこむ。そこから見える景色に混乱をおぼえた。一連のまばゆい太陽灯が、エアロック開口部を縁どっている。目がくらみ、開口部の高さは推測できそうもないが、幅は二キロメートル以上あるにちがいない。向こう側には、垂直で滑らかな金属面が見える。思うに、すくなくとも四百メートル下までつづくだろう。その下に巨大エアロックがある。金属壁に窓あるいはほかの開口部があるかどうかはわからない。それでも、壁のすぐ奥には、宇宙船の発着操作を確実にする装置があるにちがいない。そこを気づかれずに通過するのは困難だろう。

計画をヴジュガとプレレディに話す。当然、ヘルメット・テレカムは最低出力におさえられている。プロドハイマー＝フェンケンが泣き言をいいはじめる。いつものことだ。だが、プラクエトはその声をさえぎり、

「しずかに！」と、鋭く告げた。「状況は充分にきびしい。きみの泣き声で異人の注意をひくまでもない」

慎重に背伸びをしてみる。そのさい、からだに伝わった衝撃により、わずかな速度で、プラットフォームの縁からからだが飛びだした。そのまま数秒ほど待ち、思わぬ障害物

が進路をふさいでいないことを確認する。それから、重力プロジェクターのスイッチをいれた。石のようにからだが沈んでいく。

一連の太陽灯が、恐ろしい速度で近づいてくる。ベクトルを反転させると、太陽灯の下わずか数メートルで静止した。巨大エアロック開口部上端の十メートル手前まで、浮遊しながら近づいていく。その高さは一キロメートル以上に達することが、いまならわかるが、観察などしている場合ではない。それでも、エアロック室の広大な空洞を半分ほど埋めつくしている、この大型箱形船から目をはなすことができようか！

スイッチを前進に切りかえ、開口部のはしをすべるようにくぐりぬけ、エアロック室に進む。壁が平坦ではないことにすぐに気づいた。さまざまな斜路、枠、回廊が存在し、労することなく、支えを見つけることができた。安全そうな場所を見つけると、重力プロジェクターのスイッチを切る。

巨大エアロック内はせわしげだ。ちいさな物体が数百、箱形船の大きな船体のまわりに群がっている。数百メートル下に見えるので、それが生物なのか、プラットフォーム表面のすぐ下の通廊で出くわした車輪ディスクと似たようなタイプのものなのか、いまのところ判断がつかない。

プラクエトはヘルメット・テレカムを作動させ、

「すべて順調だ」と、押し殺した声で告げる。「あとにつづくのだ！」

視線をエアロック開口部に向ける。エアロック室内は明るいが、開口部はまるで、暗く恐ろしく底知れぬ深さにつづく峡谷のように見えた。ちいさな光点が上から移動してきて、しずかにゆっくりと、明るく照らされた室内に向かってくる。プラクエトは不安をおぼえて下をのぞきこんだ。異人は侵入者に気づいただろうか？　その動きからは、まったくわからない。プラクエトはとりきめておいた合図を送った。クラン艦隊の宇宙服を着用した姿が近づく。ヴジュガだ。ゆうに五分間が過ぎて、ようやくプレレディが勇気をしめし、深みに飛びこむ。プレレディもまた合図をうけて、プラクエトとヴジュガが身をひそめているちいさな突出部の上に跳びうつった。

「こんな目にあうのは、もう二度とごめんです」と、文句をいう。「もう充分にひどい……」

プラクエトがそのヘルメットをたたく。プロドハイマー＝フェンケンはすぐにしずかになった。プラクエトは身ぶりでしめしながら、アイ人のヘルメットに自身のそれをくっつける。大げさに腕をのばしてみせると、ヘルメット・テレカムをオフにするスイッチを操作。

「不要なリスクを冒してはなんの意味もない」プレレディとヴジュガは、ヘルメットごしにくぐもった声を聞いた。「その下でなにが起きているのか、見えるな。異人についてもっと知りたければ、考えられる方法はただひとつ。箱形船に乗りこむのだ」

4

ヴァルヴルはエアロックの都市側入口で実体化した。視覚器官に飛びこんでくるせわしない光景を麻痺したように見つめる。エアロックの存在については、分裂によって生まれたときから知っているが、この混沌を前に、ほとんど自身の決意を放棄したい気分だった。マシノーテ数百体が宇宙船に群がり、近隣都市のいずれかに向かう準備に従事している。だれにたよればいいのか？　この瞬間、本当に重要な任務はただひとつ、異人を見つけることだと、どのようにこの群衆にわからせるべきか？

分身ポルポルはすぐそばに立っている。すくなくともヴァルヴルと同じくらいには、感銘をうけているようだ。ヴァルヴルは、カテゴリー八のマシン、ヤプロのことを思いだした。実際、ヤプロは都市と実領域内部の状況について、どれくらい知っているのだろうか。ヤプロには多くの知識があるという印象をうけたもの。あるいは、カフザクにいわせれば、きわめてひろい視野を持つといったところか。なぜ、その情報を出ししおしむのか？

思考はさらなる思考へとうつる。なぜ、マシンはそれほど多くの情報を持つというのに、マシノーテはあまりに知らなさすぎるのか？　マシノーテはそれぞれ任務をになっている。それをはたすために、一マシンと関係を築くのだ。マシンはつねに、任務に関して次になにが起きるのか、マシノーテよりよく知っているように見える。マシンがなんでも知っているなら、マシノーテはそもそもなんのために必要なのか？　なぜ、第一監視者はヴァルヴルと助言者五体に、都市を未知なる侵入者から守るという役目をあたえたのか？　なぜ、みずから任務をひきうけないのか？　なぜ、自分は、これまで見たこともなかった巨大エアロック室に立ち、いかに異人と接触するかという計画を練るために、頭を悩ませているのか？　かわりに、自分よりずっと賢いと思われる第一監視者にすべてをまかせればいいのに。

ある考えが頭をよぎる。場合によっては、しつこいあの異人たちとまずコンタクトをはかるほうが、ただ追いはらうよりも有用かもしれないのだ。これまでだれも、そこに思いいたらなかったわけか。これは、問題解決にいたるおのれ独自の貢献ということ。とはいえ、高次カテゴリーのマシンなら、似たような計画を練ることができただろう。きっと、自力でそのような考えを練るのに充分な想像力があるだろうから。

あるいは、ないのか？

「この先どうなるか、あなたにはわからないのだな」と、ポルポル。ヴァルヴルが驚いてわれに返ると、分身はそばに立っていた。ななめにかたむけたからだを、ディスクの裏側からのびる柔軟な把握アームのうちの二本が支えている。ヴァルヴルは激昂し、分身の知ったかぶりを叱責しようとしたが、思いとどまった。ポルポルの言葉は皮肉には聞こえない。まったくその逆で、混乱と不安が感じられる。ポルポルはおのれの前身を信頼していたのだ。生まれたばかりで、ほかのだれよりずっと困惑しているため、ヴァルヴルを頼りきっていた。ところが、いまはとほうにくれているようだ。ヴァルヴルの無力さに気づき、それにどう対処すべきかわからないのだろう。

　ヴァルヴルは奇妙な、これまで感じたことのない感情にとらわれた。自分がここにきた理由のひとつは、第一監視者から任務をあたえられたため。もうひとつは、異人をもときたところに追いかえす前に、まず接触をはかろうと考えたから。だが、突然、べつの理由がわかった。ここにきたのは、自分が見た目ほど無力でもとほうにくれてもいないと、分身に証明するためなのだ。ポルポルは全幅《ぜんぷく》の信頼を自分によせている。その相手を失望させてはならない。

　かつて、マシノーテがほかの同胞に対し、このように感じたことがあっただろうか？混乱があらたに思考を圧倒しようとする。だが、ヴァルヴルは毅然とこれを振りはらった。時間ができたらすぐに、さまざまなことについてよく考えてみなければ。だが、いまはそのときではない。

半球の粘液のなかに浮かぶ有柄眼で、ぐるりと周囲を見わたし、巨大エアロック室の全体像を把握する。ときおり、視線が半秒あるいはそれ以上長く、ホールの壁をはしる無数の枠縁、亀裂、溝のひとつにとまった。侵入者がもぐりこめるかくれ場が、はたしてどれくらいここにあるのか、考えてみる。計画の概要が思考中枢に浮かんだ。

「異人は三名といったな？」ポルポルに向きなおり、たずねた。

「三名の異人を見た」と、返答がある。

「実際、かれらがここのどこかにかくれていると仮定したら、きみなら、どこから捜索をはじめる？」

どうやら、ポルポルはすでに周囲を見まわしていたようだ。

「まったく見当もつかない」と、応じる。「このホールなら、侵入者千名がかくれることができそうだ。それでも、そのうちのひとりも見つけられないだろう」

奇妙なよろこびの感覚が、ヴァルヴルの内部にひろがっていく。ポルポルも同じ意見なのだ。自身のマシンであるカフザクとかわした無数の会話に思いをはせた。あのマシンとはいつも同じ意見で、ヴァルヴルは満足をおぼえたもの。それはかれにとり、自分がだれにも文句をいわれないやり方で任務を遂行しているという証《あか》しだったから。一方、分身の同意にはよろこびをおぼえた。完全に異なる種類の感覚である。これについて考えこみそうになったが、すんでのところで、ここを訪れた三つの理由を思いだした。

「異人を連絡船内に誘いこむことに成功すれば」と、告げる。「ことはかんたんに運ぶだろう」

「連絡船内がどのようなものなのか、わたしにはわからない」ポルポルの声は事務的だ。

「このホールよりもかくれ場がすくないのだろうか？」

「そうだろうな。船はこのホールよりもせまい。全体の容積がすくないわけだから、必然的にかくれ場もすくなくなるだろう」

ていのいい答えだ。質問者が関連性をよくよく考えてみるまでは、もっともらしく聞こえるもの。だが、ポルポルにはそうする時間もない。あらたな質問で、すでに発話孔が震えている。

「どうやって、船に誘いこむつもりだ？」

「なぜ、異人はここにきたと思う？」と、ヴァルヴル。

「わたしが答えを知っているとでも？」

「いや。それでも想像してみることはできるだろう」すくなくともこの瞬間、分身に対し、かすかな優越感をおぼえた。「たびたび、ひきかえすよう警告されたのに、異人は何度も接近してきた。なにが、かれらをつきうごかすのだろうか？」

「好奇心だ」

「好奇心！　そう、それだ。異人はマシノーテについて知りたいのだろう。連絡船内でマシノーテに関する情報がもっとも入手できそうだとほのめかしたら、どうすると思う？」

「船に侵入する」と、ポルポル。

ヴァルヴルはうれしくなった。自身と分身の考えが、スムーズに嚙みあったのだ。この手の会話はいまだかつて、カフザクともしたことがない。ほんのすこし前まではまだ無力感にさいなまれていたというのに、いまは確信に満ちあふれていた。ポルポルといっしょなら、この問題を解決できるだろう！

「問題がまだある」と、分身。「連絡船内に重要な観察対象があると、姿を見せない敵にどうやってしめせばいい？」

「それについて、よく考えてみよう」ヴァルヴルが提案した。

＊

プラクエトはいらだちをおさえた。箱形船に乗りこむという考えは、ふと潜在意識から浮かんだもの。なるほど、これは名案だ！　ただ、実行するには周到な計画が必要となる。考えをそうやすやすと口にするべきではなかった。いまはプロドハイマー＝フェンケンの嘆きを聞かされている。プレレディがつねに本心から臆病者としてふるまっているわけではないとしても、恐怖に震える者を演じるのに忙しく、観察者としての役割を完全にははたすことができないようだ。

箱形船は、高さ八百メートルほど。最大幅と奥行きはこれをうわまわり、九百メートルほどか。おそらく、エアロックは箱形船が同時に二隻ずつ出発できるほどの大きさだ。箱形船という名称は、表面上ただ視覚的に表現したもので、全体はほとんどさいころ形の立方体である。その設計者は、空気抵抗や空気力学的安定性のようなものにはまったく配慮しなかったのだろう。多くの不規則性が見られる。出窓のように見える構築物、船の外殻にあるニッチのような切れ目、斜面、部分的にかなり大きな開口部。そこには、プラクエトが見るかぎり、宇宙の真空から船内を守るエアロックは見あたらない。

音をたてながら飛びまわる物体の往来は、直径五十メートルあまりの円形開口部の前に集中しているように見える。侵入者三名のうちもっとも鋭い目を持つプレレディが、いつのまにかプラクエトに近づき、たがいのヘルメットを接触させた。

「あれらのうちいくつかは、明らかに車輪ディスクです。ほかの物体はよくわかりません」

プラクエトも似たような観察をすでにしていた。とはいえ、自身のかぎられた視力がどれほどあてになるのか、わからない。まるで、いくつかの飛翔物体がときおり消えては、ふたたびほかの場所にあらわれるように見えるのだから。アイ人のヴジュガが異人のひとりと最初に遭遇したさいに報告した言葉を、記憶のなかから呼びおこす。異人は、空間歪曲フィールドで自身をおおう能力をそなえているのだ。箱形船の周囲を高速で飛びまわるようすは、おそらく次のような説明がつくだろう。かれらは歪曲フィールドを一定のリズムで操作し、その結果、要塞のわずかな自然重力を中和するだけでなく、望む方向への移動が可能になるのだ。歪曲フィールド……あるいは空間断層を操作するため、異人の輪郭がときおりぼやけたり、コンマ数秒間、まったく見えなくなったりするのだろう。

すでに、ヴジュガも自身のヘルメットと同行者ふたりのヘルメットを接触させていた。プラクエトがたずねる。

「プレレディ、車輪ディスクが宇宙服あるいはなんらかの制服を着用しているか、わかるか?」

「いいえ」プレレディから返答がすぐにある。「かれらはすべて、われわれがあの奥の通廊で遭遇した異生物とまったく同じように見えます。防護服を着用、あるいは……」

プラクエトは、左腕の装置を一瞥。エアロック室内は、〇・一気圧を下まわる。気温は、絶対温度で二百十度だ。

「ヴジュガ、空間断層を防護服の代用にすることは可能か?」と、次の質問にうつる。

ここでヘルメットをたがいにはなさなければならなくなった。アイ人の明滅信号を見ながら、判断できるように。

〈永続的効果を持つ防護服としてでなければ〉と、ヴジュガ。〈空間断層が閉じたらどうなるのか、わたしにはわかりません。とはいえ、開いているかぎり、車輪ディスクはその影響下にあります。つまり、状況を見るかぎり無防備な状態です〉

一行はふたたびヘルメットを接触させた。

「ここの環境は次のとおりだ」と、プラクエトが口を切り、計測装置の表示を読む。「周知のとおり、生命はこのような状況下では存在できない。凍えるか、窒息するかのどちらかだ」

考える時間をおいて、プレレディがたずねた。

「つまり、なにがいいたいので？」

「おそらく、かれらは言葉のそもそもの意味における生物ではないのだろう」

「生物でなければ、なんなのです？」

「改良品種か、あるいはロボットか。だれにわかるものか！」

プレレディはそれに対し、なにかいおうとしたが、プラクエトが突然、自身のヘルメットをはなした。箱形船の側壁の巨大開口部の前で、騒動がはじまったのだ。ディスク型生物一ダースが開口部に集まり、どうやら船内に乗りこもうとしている。一方、何者かがこれに同意しないらしい。異生物たちは開口部の直前で、乗船をためらっている。

内部から一体があらわれ、乗船をためらう者たちに向かって突進した。衝突を避けようとした一団が乱れ飛び、しだいに多くのディスク型生物が事態に巻きこまれていく。船をとりまいていた列の規則性が消滅し、ひどい混乱が巨大開口部のすぐ前に生じた。

プラクエトはヘルメット・テレカムを作動させ、プレレディとヴジュガに、まねするようながした。

「チャンス到来だ。いまなら、自分たちのことで手いっぱいで、われわれが船内にもぐりこんでも気づかないだろう」

ここで突然、どうやって作戦を進めるべきだったかを思いだす。

「本気ではないでしょう？」プレレディが泣きそうな声で訴えたのだ。

「めそめそするな！」プラクエトは、プロドハイマー＝フェンケンをどなりつけた。「われわれ、船の上端にある斜面に向かう。プロジェクターを使い、可及的すみやかに移動するのだ。車輪ディスクに見つかる恐れがあるのは、この壁と船のあいだを移動するあいだだけだから」

「われわれ、失敗します！」プレレディが震えながらいう。

「ばかな！　船内は、ここにいるのと同じくらい安全だ」

「ですが、われわれがなかにいるあいだに、船が出発したら、どうなるので？」

プラクエトは苦々しく思った。それは、これからとりくまなければならない問題だ。

＊

ヴァルヴルは、正確に自身のジャンプを計算した。連絡船に群がる一マシノーテのすぐ横で実体化すると、ほかのマシノーテの速度にあわせて調整する。隣りのマシノーテがヴァルヴルの出現に不快感をいだいたのが伝わってきた。透明な半球につつまれた有柄眼をそむけ、こちらを見ないですむようにしている。

「きみの不快感はわかる」できるだけ、事務的に声をかけた。「わたしもまた、他者にこれほど接近するのはいい気分ではない。それでも、任務をはたさなければ。わたしは第一監視者の命《めい》をうけた代理人だ。第一監視者はきみに、ただちに連絡船に乗りこめと指示をあたえた」

はたして、このやり方でうまくいくものか。数秒ほど、ヴァルヴルにはわからなかった。ポルポルは、これをばかげたやり方だといったもの。ところが、相手のマシノーテは突然、それまでの進路をはなれると、連絡船の主エアロックの入口を形成する巨大開口部に急いで向かったのだ。ヴァルヴルは勝利感をおぼえた。マシノーテがしたがった！　実際、相手はもっともひかえめな抵抗手段をとっただけだが、ヴァルヴルには同じこと。あのマシノーテは他者のそばにいるのが苦痛だった。くわえて、自身がこの場から消え失せるか、あるいは要求されたとおりにするまで、しつこくヴァルヴルにつきまとわれるとわかっていた。その不快な状況を、要求にしたがうことで逃れたのだ。とはいえ、ヴァルヴァルにとってはなんの違いもない。命じた結果、マシノーテがこれに応じたのだから。

ヴァルヴァルは毅然と、計画をさらに進めた。すでに自明なのは、ここに群がるマシノーテは、船体の保守作業に従事する者たちだということ。かれらが担当するマシンはもっとも低いカテゴリーに属し、船の外殻のさまざまな個所に設置されている。これらマシンの助けにより、マシノーテたちは、どこで整備が必要とされているのか、巨大な船体を宇宙環境に適した状態にたもつためになにをすべきなのかを知ることができる。

ヴァルヴァルがこうした仲間の任務をうらやむことはない。自身が担当するのは、マシノーテの思考力を刺激するマシンだから。最低カテゴリーのマシンのみをあつかう者たちは、視野のせまい原始的思考者なのだ。そのうえ、つねにほかのマシノーテの目につく場所にいなければならない。おそらく、そのような状況に長期的に耐えるためには、単純な精神が必要とされるのだろう。

ヴァルヴァルのやり方は成功をおさめた。まもなく、連絡船のエアロック開口部に向かうマシノーテの、細いが恒常的な流れができる。ヴァルヴァルは、すぐに分身ポルポルのそばに実体化すると、

「ほら、うまくいったぞ」と、告げた。「きみが手伝ってくれたら、まもなく全員の乗

船が完了する」

　ポルポルはこの提案に、とくに感銘をうけたようすもない。それでも、承知した！　ヴァルヴルはマシノーテのあいだを飛びまわりながら、何度もエアロックの壁にそってあたりを見まわした。船に次々と乗りこむマシノーテの流れは、異人の好奇心を駆りたてるにちがいない。まもなく、かれらは確信するだろう。実領域の住民についてもっと知りたければ、同じように連絡船に乗りこむほかないと。異人がかくれ場から出てくれば、観察できるかもしれない。

　だが、これほどの努力をしたにもかかわらず、未知なる侵入者のシュプールは見つからなかった。一方でポルポルのようすに気づく。依然として同じ場所に立ち、からだを把握アーム二本で支えている。ヴァルヴルの意識に怒りが湧いた。なぜ、分身はしたがわないのか？　なぜ、すべてをわたしだけにまかせようとするのか？

「きみには激務すぎるということか？」ポルポルのそばに実体化すると、辛辣《しんらつ》にたずねた。「あるいは休憩中か？」

　分身の有柄眼の視線をうけ、ヴァルヴルは理解した。どうやら、思いちがいだったらしい。ポルポルは意気消沈しているようだ。絞りだすような声で告げる。

「マシノーテたち、わたしにはしたがわないのだ。わたしがそばにあらわれると、たちまち防御態勢をとる。抵抗があまりにはげしいので、かれらに話しかける勇気もない……

……」

ヴァルヴルは啞然とした。なぜ、マシノーテは自分にはしたがうのに、ポルポルにはしたがわない？　おのれは、なにか特別なのか？　それについて考える時間はない。見あげると、巨大エアロックに向かって浮遊するマシノーテの流れがとまっていた。一マシノーテが、エアロックから勢いよく飛びだしてきたのだ。そのマシノーテは、まるで攻撃するかのように、同胞の列の中央に割りこんだ。

「ここで待つのだ」ヴァルヴルはポルポルにそう告げると、周囲の空間断層をほとんど完全に閉じるまでせばめ、上方に向かう。

最初に感覚器官がとらえたのは、甲高い罵声だった。声の主は情緒不安定になっているにちがいない。その声は、巨大エアロックから連絡船に乗りこもうとするマシノーテたちに向けられている。言葉は首尾一貫したものではなく、非論理的だ。それらの多くは、ヴァルヴルがこれまで聞いたこともないような罵詈雑言《ばりぞうごん》だった。

「そこまでだ、役たたずの最下層民ども！　だれが、わが船に乗るよう命じたのか？　そうだ、有柄眼をそむけるのだ。わたしがおまえたちの近くにいて快適に感じるとでも思うのか？　失せるがいい、野蛮生物め……」

とうとう、ヴァルヴルはマシノーテが渦巻く群れの中央に声の主を見つけだした。ターゲットに近づくと、わざと衝突する。相手は方向転換し、ヴァルヴルにはげしい罵声の嵐を浴びせようとした。だが、ヴァルヴルはそうはさせない。
「理性を失ったようにここで叫んでいるのは何者か？」と、たずねる。「コンヴァータ
ーに送られるべき狂者のようにふるまっているのは、だれだ？」
あまりの自信に満ちた登場に、この粗野なマシノーテもおじけづき、わずかに後退す
る。それから、気おくれしたような声で応じた。
「わたしはスクロヴ、連絡船の制御マスターだ。クラス二のマシン監視者で、担当マシ
ンカテゴリーは十。都市タラトと都市リクヴィング間の連絡をになうこの船を管理して
いる」
ヴァルヴルは沈黙した。落ちつきはらい、優位をたもっているように見せなければ。
内心の不安に気づかれてはならない。さもなければ、計画は失敗する。スクロヴはクラ
ス二の監視者で、担当マシンはカテゴリー十。数日前ならば、この手の話は、ヴァルヴ
ルをただちに黙らせるのに充分だっただろう。だが、いまは違う。制御マスターに対す
る畏敬の念など感じない。奇妙にも、これほど近くにいても不快感さえおぼえないのだ。
「なぜ、マシノーテたちがきみの船に足を踏みいれるのをじゃまするのか？」と、たず
ねてみる。
「保守作業員数百体をリクヴィングに運ぶのは、わたしの任務ではないから」と、スク
ロヴ。

「作業員に乗船するよう命じたのは、このわたしだ」ヴァルヴルは威厳をこめて強調する。「危機的状況がひろまっている。異人が実領域に侵入したのだ。捕らえなければならない。わたしには計画があるが、それをいまきみに説明することはできない。計画によれば、この巨大エアロックにいる者はすべて、きみの船に乗りこむことになる」

これだけ威圧的に話すマシノーテが予想外に出現したことで、スクロヴはおじけづいたかもしれない。それでも、長いあいだ打ちのめされたままではいなかった。

「で、あなたは何者だ?」と、たずねてくる。「そのような命令をあたえ、そのような計画を練ることができるとは?」

「わたしはヴァルヴル。第一監視者の命をうけた代理人だ」ヴァルヴル自身、この言葉が持つ力に驚きながら、「マシノーテが直面している危機は、特別な処置を必要とする。きみが第一監視者の命令に背くならば、罰をうけるかもしれない」

スクロヴは有柄眼でじっと見つめ、

「わたしは第一監視者など知らないが」と、応じた。

＊

通廊はひろく、適度に明るく照らされていた。大きくカーブを描きながら、下方すなわち箱形船の中枢部に向かっている。通廊の両側の壁には、機能の不明な装置がならぶ。

宇宙船内の気圧と重力は、巨大エアロック室内と同じだ。

プラクエトと同行者ふたりは、気づかれずに船体内部に到達。箱形船の外殻にたどりついたさい、斜面中央に内径二メートルの開口部を見つけたもの。プラクエトは、しゃがみこみ、四つん這いで進むことを強いられた。開口部を通りぬけ、この通廊に到達したのだ。周囲は不気味なほどしずまりかえっている。ヘルメットの外側マイクはなんの音もひろわない。コンビネーションの幅広ベルトにそなわる計測装置の発光表示も動かない。

箱形船内は、まるで死んでいるかのようだ。

プレレディはようやく、泣き言をいうのをやめた。プラクエトが計画をけっしてあきらめないのは明らかだから。とはいえ、心から協力する気にはとうていなれない。

「あなたがわれわれをこの罠に誘いこんだのですから」プレレディがそういうのが聞こえた。「計画をいいかげんに説明してもらいたいもの」

たがいにヘルメット・テレカムを通じ、会話している。プラクエトは確信していた。要塞の住民は、最小限の出力におさえた送信機の散乱放射をとらえるのに充分な感度のある装置を持たないにちがいない。

これまでに、計画を練りあげるための時間はあった。

「この船の司令室を見つけ、近くに自動計測ステーションを設置するつもりだ」

身長わずか一メートルのプレレディは、巨大なクラン人を驚いたように見つめ、

「自動計測ステーションですか？」と、くりかえした。

プラクエトは、宇宙服の幅広ベルトに手で触れながらつづける。

「われわれ、多数の装置を携行している。光学・音声記録装置、散乱インパルス走査機、マイクロ探知機だ。思うに、司令室付近にこれらの装置を設置し、小型ハイパー送信機と連動させたらどうだろう。装置が表示データを送信機に伝え、送信機がそのデータを発信すれば、マソは艦一隻を要塞から数光年はなれたポジションに待機させ、シグナルを受信することができる。異生物についての情報を入手するのに、よりたしかな方法はほかにない」

プレレディのつぶらな目が奇妙な光をたたえた。

「まず司令室を見つけだし、次に自動計測ステーションを設置するまで、どれくらい時間がかかると思います？」

「まったく不明だ」と、プラクエト。

「装置は自動制御のもので、送信機と連動するようにつくられたわけではありません」と、プロドハイマー＝フェンケン。「つまり、調整しなおし、整流メカニズムが機能するか確認しなければ。それに……」

「すべて承知しているとも」プラクエトがたまらず、さえぎった。

「そのあいだに船が動きだすでしょう」プレレディが金切り声をあげる。「われわれ、二度とここから出られない！　ネズミとりに捕まった三匹のサイネズミ同然です」

ヴジュガの浅黒い頭部が明滅しはじめた。プラクエトがこれを解読する。

「箱形船は、特定の要塞ふたつのあいだを往復している。われわれがいる船も、いつかこの要塞にもどってくるだろう」プラクエトは、プレレディのためにアイ人の明滅信号を訳した。

「ですが、いつ？」と、青い毛むくじゃらのパニックにおちいった声が甲高く響く。「それまでどれくらいかかるか、わからないのですよ。そのあいだ、なにを食べて生きながらえろと？」

プラクエトは冷静であろうとつとめた。プロドハイマー＝フェンケンの泣き言が神経にさわる。

「まず、自動計測ステーションを設置しおえる前に、箱形船が出発するとは決まっていない。船がまだこの格納庫にあれば、われわれ、容易にここをはなれ、《ヒアクラ》にもどることが可能だ」

「で、船が出発した場合は？」と、プレレディ。

「その場合は、なにか新しい手を打たなければな」

プラクエトはすげなく告げ、踵《きびす》を返すと、下方に向かう通廊にそって異宇宙船の奥に進んだ。

ヴァルヴルは、この反応を予想すべきだった。結局、第一監視者は、先ほどまで自身にとっても未知の存在だったのだから。

「第一監視者は、実領域すべてを見張る者だ」と、スクロヴに告げる。「かれを必要とする者は、いつでも交信できる。やってみよう。つまり、きみのマシンを使って」

「これまで、第一監視者について一度も聞いたことがなかったのはなぜだ？」スクロヴがしつこくたずねた。

「きみが、第一監視者をこれまで必要としなかったからだ」ヴァルヴルが答えた。カフザクの言葉の受け売りである。

制御マスターは躊躇《ちゅうちょ》しながらも、

「わかった。わがマシンと話してみよう」と、告げた。

＊

「ともにマシンと話そう」ヴァルヴルが主張する。「そのあいだに、保守作業員たちを乗船させるのだ。わたしがかれらに命じたとおりに」

「ばかな！」スクロヴが声を荒らげる。「なぜわたしがそうさせると……」

「第一監視者がわが言葉を立証しなかったら、かれらを船から追いだせばいい」ヴァルヴルがさえぎった。「危機は待ってくれはしない。ぐずぐずしている場合ではないのだ！」

これでスクロヴは、ようやく抵抗をあきらめ、船のエアロックの暗い開口部をすべるように進んだ。ヴァルヴルもこれにつづく。そのあとに、マシノーテたちが押しよせた。命じられたとおり、乗船するためだ。すでに、すべての保守作業員がエアロック開口部の前に集まっていた。ヴァルヴルの最初の計画は、大成功をおさめたのだ。未知侵入者を正しく評価したとすれば、この混乱に乗じて連絡船内に侵入しただろう。

ヴァルヴルは興奮していた。スクロヴの立場になって考えてみる。制御マスターは、前身より分裂して生まれたその日からずっと、意識のなかにもとから根ざしていた任務をはたしてきたわけだ。スクロヴがいくつにも枝わかれしたエネルギー・ルートのひとつにそって進み、カテゴリー十のマシンが置かれた部屋で実体化するようすを、ヴァルヴルは思い浮かべてみた。かれはそのマシンと、終生にわたりつきあっていくことになる。スクロヴは全生涯において、ただひたすら、そのマシンの助けを借りて連絡船を制御してきた……タラトからリクヴィングに向かって、リクヴィングからタラトに向かって。ヴァルヴルには、都市リクヴィングがどこにあるのかまったくわからない。それでも、すでに意識が強化されているので、知識の欠如により不安をおぼえることはもうなかった。学ぶべきことはまだたくさんあるが、それはあとの話だ。この瞬間、おのれにははたすべき任務がある。そのことだけを気にかけよう。

だが、この状況はスクロヴにはどう見えるのか？　いま起きた出来ごとに狼狽《ろうばい》する以前は、タラトとリクヴィングのあいだを何往復したことだろうか？　マシノーテの生涯がこのように劇的に変化した話は、いまだかつて聞いたことがない。マシノーテの生活は、正確に定まった道にそって進められてきた。くる日もくる日も。それがなぜ、突然に変化したのか？　なぜ、スクロヴの生活は突然、完全に支離滅裂なものになったのか？

自分の理性が答えを出したにもかかわらず、ヴァルヴルはその内容に驚いた。スクロヴのジレンマに対する責任は、ヴァルヴル自身にある。異人を追跡し、かれらとコンタクトをとるというのは、ヴァルヴルのアイデアなのだから。連絡船内に保守作業員全員を乗りこませ、侵入者をも誘いこむというのも、ヴァルヴルが練った計画である。制御マスターのスクロヴが自身の存在にもう自信が持てなくなったとすれば、それはひとえにヴァルヴルのせいだ。

どのような力がおのれにあたえられたというのか？　ヴァルヴルは混乱しながらも考えた。マシノーテがわたしにしたがっても、分身ポルポルにはしたがわないのはなぜだ？　なぜわたしは、カウンセラーのホールではなく、ここにいるのか？

きっかけはなんだったのか？　ヴァルヴルは思いだそうとした。カフザクに異艦隊のフォーメーション分析をさせたもの。分析から、そのうちの二隻が奇妙なコースをとっているとわかった。その結果、自身のマシンからアドヴァイスをうけ、第一監視者に連絡をとったのだった。

これがはじまりだ。そして、それ以来、なにもかもがあるべき姿ではなくなった。

巨大エアロックを通りぬけたところで、スクロヴが立ちどまる。ヴァルヴルは追いついた。スクロヴは、連絡船内でエネルギー・ルート網に関する必要情報をどうやって入手できるかを手短かに説明し、非実体化した。ヴァルヴルは視覚器官を閉じ、意識内に生じた光るパターンに集中する。トラブルメーカーが正しい道を見つけるまではしばらくかかるだろうと、スクロヴが期待していたなら、それは思いちがいというもの。ヴァルヴルは、まるで全生涯をエネルギー・ルート網の研究に費やしてきたかのように、はっきりとそのパターンをとらえた。まもなく、制御マスターがカテゴリー十のマシンと暮らす部屋に実体化する。

スクロヴはどうやら、招かれざる訪問客の適応能力の速さに驚きをかくせないようだ。把握アームの一本をディスク型ボディの縁ごしに曲げると、なにもいわずに、部屋の中央を占めるコンソールをさししめす。

「きみのマシンに名前はあるのか?」ヴァルヴルはたずねた。

「名前? マシンに名前などあるわけがない」

これから先、どれだけの驚きが待ちかまえていることか、スクロヴには想像もつかないだろう。ヴァルヴルはそうおかしく思いながら、コンソールに近づいた。スイッチははいっている。

「名前は？」と、マシンに声をかける。

「セングモトです」と、返答があった。

ヴァルヴルは、しぶしぶ客を迎えることになったホストのほうを振りむく。スクロヴが突然、縮まったように見えた。有柄眼をそむけ、ヴァルヴルと視線をあわせずにすむようにしている。だが、ヴァルヴルには、制御マスターがこの瞬間にうけた心の衝撃に配慮する余裕はない。このチャンスを利用しなければ。

「このマシンに名前があることも知らずに、何年いっしょに働いてきたのか？」からかうようにたずねてみる。

スクロヴはなにもいわない。ヴァルヴルはコンソールに向きなおると、声をかけた。

「きみの監視者スクロヴは、わたしが第一監視者からうけた命令を疑っている。第一監視者と通信をつないでくれ」

マシンは応答しない。ヴァルヴルは命令をくりかえしたが、コンソールは、まるで存在しないかのように押し黙っている。これでスクロヴは、自信の一部をとりもどしたようだ。

「見てみろ！」と、満足げにいう。「わがマシンも、第一監視者についてこれまで聞いたことがないのだ」

ヴァルヴルは自身の困惑をひたかくそうとした。マシンの沈黙は説明がつかない。最初の質問には答えたというのに。なぜ、こんどは要求に応じることを拒むのか。

「きみが命じてみてくれ」制御マスターに提案してみる。

スクロヴはコンソールに近づくと、からだをうしろにそらせ、把握アーム二本で支えた。

「教えてくれ、わが友。第一監視者とは何者なのだ?」

セングモトは反応しない。スクロヴはスイッチをいくつか操作したが、マシンは無言のままだ。スクロヴは乱暴にキイボードをたたきながら、脈絡のない言葉を発する。それでも、セングモトは反応を見せない。制御マスターはとうとう、把握アームをおろした。ななめになったからだを、快適な位置から垂直に起こす。深い落胆のようすがにじみでていた。ヴァルヴルには、制御マスターがどのような気分でいるのかわかる。スクロヴには、招かれざる客に対し、ふたたび優位に立てるという希望があった。ところがいまは、なんの希望ものこっていないのだ。

「きみがどう感じているのか、わたしにはわかるとも」ヴァルヴルがおだやかな声でいう。「それでも、ひょっとしたら、おたがい合意できるかもしれない」

スクロヴは振りむくと、驚いたように相手を見つめた。

*

プラクエトが見るかぎり、この船内には目的にそった秩序も意味もまったく見られない。長くほの暗い通廊がつづくだけだ。通廊は、ときにはゆるく、ときにはきつくカーブを描きながら曲がりくねり、同じように曲がりくねった通廊と交差する。プラクエトは、クラン艦隊における長期勤務のあいだに、星間種族のメンタリティが……ときには驚くほど……それぞれ異なるものだと知った。ある種族はほかの種族が考えるような存在ではないし、秩序や有用性といったような概念は、それぞれの解釈にもとづく。それでも、この船のような混沌はいまだかつて見たことがなかった。

通廊に隣接する空間にならぶ小部屋には、たいてい、機能の不明な小型マシン一基とそれに属する制御コンソールがあるだけ。箱形船は、要塞間の商品を輸送し、旅客を運ぶ機能をそなえているはず。それには貯蔵庫とキャビンが必要だ。だが、そのどれについてもまったくシュプールがない。どの方向に司令室を探せばいいのか、ヒントすらなかった。

おかげで、プロドハイマー＝フェンケンのプレレディは大よろこびだ。

「ほら、わかりましたか？　あなたの計画にはとんだ価値がありましたね」と、プラクエトをあざけるようにいう。「この調子で捜索をつづければ、この船を制御する場所が見つかるまで、あと数年かかるでしょうよ」

プラクエトは未知宇宙船の不可解さに困惑し、プロドハイマー＝フェンケンの言葉に腹をたてながらも、すばやく決断した。

「ひろめの空間を見つけたら、計測装置の設置にとりかかるぞ」

さまざまな考えにつきうごかされる。ディスク型異生物は空間断層の助けで非実体化したあと、エネルギー・ルートを進んだ。そのようなエネルギー・ルートが、まちがいなくこの宇宙船内にもあるはず。つまり乗員は、船内の移動に実際の通廊を必要としない。とはいえ、貨物の輸送には、これらの通廊はあまりに手間がかかるように見える……メンタリティの相違はともあれ、あらゆる知性体は、最短距離で輸送品をしかるべき場所に運ぼうとするだろうから。では、これらの通廊の目的は？　船全体はどのような役割をはたすのか？　実際、箱形連絡船の存在を正当化させるほど、宇宙要塞間には輸送すべき多くの物資があるのか？

ヴジュガは、奇妙な形状のハッチの前で立ちどまったままだ。頭のくぼみがリズミカルに明滅している。腕をあげ、床上半メートルのところで金属に組みこまれたプレートに手で触れると、ハッチが両わきにすべった。プラクエトは、目の前に出現した奥行きのある楕円形の空間を見つめる。そこは、明るく照らされていた。壁には、よく見かけるマシン類がならぶ。異文明に欠かすことのできない構成要素のようだ。マシンのほかには、室内になにも見あたらない。

〈ここにわれわれの装置を設置するべきかもしれません〉アイ人が明滅して告げた。

プラクエトは、同意のジェスチャーをしめした。どこだろうと、かまうものか。奇妙な挫折感に打ちのめされる。謎を解明するためにここまでやってきたのに、その謎はあまりに大きなものと判明したのだ。どうしようもない。あたえられた任務をはたすために、ほかになにができるというのか。宇宙要塞内の異生物について、なにか情報を得るのだ。おそらく、自動装置にたよるほうが成功の見こみが高いだろう。ベルトのポケットを開け、装置をひっぱりだす。これらを組みあわせ、自動計測ステーションを設置するのだ。

プレレディが鋭く口笛を吹いた。プラクエトが視線をうつすと、プロドハイマー＝フェンケンは腕をいっぱいにのばし、部屋の奥をさししめしている。そこに、ディスク型異生物三体を発見。どうやら、たったいま実体化したようだ。動きがぎごちない。裏側から生えた触手の二本を使って移動している。どうやら、方向感覚を失っているようだ。おもて側の中央に位置する、粘液で満たされた透明な半球のなかで、なにかが動いているのがはっきり見える。柔軟な柄で支えられた、目のような視覚器官だろう。

ディスク型生物は数秒ほど、あてどなくさまよい、ようやく他者の存在に気づいた。未知侵入者を認識する。その反応は驚くべきものだった。動きの最中に硬直し、有柄眼をわきにそらす。異人の姿を正視するのは耐えられないらしい。ディスク型ボディを後方にそらせ、歩行手段とおぼしき触手二本を支えにした体勢のまま、動かなくなった。どうやら、異人の存在がひきおこしたショックの影響下にあるようだ。

プラクエト自身も動きをとめた。プレレディはまだ腕をのばしたままである。まるで、驚きのあまり、もう動くことができないかのようだ。ヴジュガだけが自制を失わずにいた。種族独特の無関心さが、予想外の出来ごとによるショックからかれを守ったのだ。アイ人は動きはじめた。ベルトには、クランドホル公国の使者スプーディのはいった容器がさがっている。三公爵の最高権力に伏するすべての者にあたえられるものだ。ヴジュガは、自分がなにをもとめられているのか、わかっていた。一瞬たりとも、おのれの任務を忘れたことはない。動きをとめたディスク型生物三体に近づきながら、容器の蓋を開け、手袋をはめた手でスプーディをつかみ、宇宙要塞の一住民に埋めこもうとする。

このとき、プラクエトがみずからの硬直を解いた。この探検隊のリーダーとしての責任を思いだしたのだ。ヴジュガが打とうとしている手段は性急に思われる。まずは要塞の住民とコミュニケーションをはからなければ。スプーディの出番はそれからだ。だが、アイ人はすでに目標に到達していた。スプーディを握った手が、異生物のディスク型ボディに近づいていく。

「ヴジュガ、まだ待つのだ……」プラクエトがヘルメット・マイクに向かって告げた。

だが、その先はつづけられない。異生物は脅威を察知したのか？　かれらがうけたショックは一時的なものだったのか？　ヴジュガがスプーディを埋めこもうとしたとたん、ディスク型ボディがきらめきはじめたのだ。その輪郭がぼやけ、次の瞬間、消えた。アイ人は驚いて後退する。つづいて、ほかの異生物二体も消えた。

無意識の反応で、ヴジュガは容器にスプーディをもどし、踵を返す。頭のへこみに、首尾一貫しない明滅信号がはしった。アイ人の混乱をあらわすものだ。プレレディは、ようやく腕をおろした。

「全面的成功です、偉大なるリーダー」プロドハイマー＝フェンケンが、あざけりと落胆のいりまじった声でいう。「これでもう、この船の乗員全員にわれわれの居場所が知れわたるまで、数分とかからないでしょう」

5

「どのように合意できるというのか？」スクロヴが驚いたようにたずねた。「あなたにはあなたの、わたしにはわたしの任務がある。そしてこのふたつは、たがいに相《あ》いいれないもの」

ヴァルヴルはコンソールをさししめし、たずねる。

「いまだかつて、このマシンがきみの質問に答えなかったことがあるか？」

「いや」と、スクロヴ。

「つまり、なにか特別な事態が起きているのはわかるな。急激な変化が実領域を待ちかまえているのだ」そこで説明をはじめる。どのように第一監視者とはじめて接触したか。まもなく、第一監視者から助言者会議に参加するように要請されたこと。第一監視者が、助言者たちにどのような任務をあたえたのか。そして、その後の自身の行動を述べる。ヤプロという名のマシンとの会話、異人が巨大エアロックにあらわれたこと、過去の歴史でつねにそうしてきたように招かれざる侵入者をただ追いはらうのでなく、かれらとの接触をはかると決めたこと。

　話しているあいだも、ずっとスクロヴのようすを鋭く観察する。制御マスターはどうやら感銘をうけたようだ。それでもまだ、有柄眼に疑惑が宿る。

「いっておくが」ヴァルヴルは最後にひと押しした。「実領域における生活は、これまでのようにはいかない。単調な生活を送り、くる日もくる日も同じことをくりかえし、マシノーテ同士がたがいに恐れることは、定められた運命ではなかったのだ。過去に埋没したなんらかの理由によって、種族はこのような進化を遂げてきた。この進化に終止符を打ち、その結果をもとに、知性を持つ種族としてふさわしい生活をはじめるときが訪れたということ」

　内心、興奮しながら告げていた。カフザクのもとをはなれ、独自の道を歩みはじめて以来、自由という刺激的な感覚を享受してきた。いつかふたたびあのマシンのもとにもどり、かつての任務につくなど、とうてい考えられない。

　それでも、スクロヴの目には疑惑がのこる。

「あなたがただの狂者ではないと、だれが保証できるのか？」と、制御マスター。

「わたし自身だ」と、ヴァルヴル。「それでも、きみはわたしを信じないのだな。これから数日の出来ごとがきみに保証するだろう。きみはその出来ごとを信じなければならない」

この瞬間、奇妙なことが起きた。マシンのセングモトが自発的に言葉を発したのだ。

「ヴァルヴルという名の存在に宛てたメッセージを受信しました」

ヴァルヴルは、驚いてマシンを振りむく。

「わたしは、ここだ」

「未知侵入者三名が、先ほどこの船内で目撃されました」と、セングモト。

「詳細を教えてくれ」ヴァルヴルが興奮をあらわにたずねた。

「あなたの命令にしたがって乗船した保守作業員三体が、エネルギー・ルートで道に迷い、船の上部三分の一に位置するマシン室で実体化したのです。作業員たちはこのマシン室で、異なる大きさの奇妙な外見をした三名を発見。一時的ショック状態におちいりました。侵入者のうち一名が接近してきましたが、その意図は不明です。作業員たちは身の危険を察知し、硬直状態を脱すると、逃げてきたとのことです」

「その場所がどこか教えてくれ」と、ヴァルヴル。

マシンはしたがった。エネルギー・ルート網のパターンをヴァルヴルの意識内に投影し、問題のマシン室に通じる道筋をマークする。その後、マシンがスイッチをみずから切ったため、スクロヴもヴァルヴルもさらなる供述はひきだせなかった。

ヴァルヴルは制御マスターを見つめた。スクロヴの目から疑惑は消えうせ、驚きと混乱が占めていた。

「わたしがなにをいいたいか、もうわかったか？」ヴァルヴルがたずねる。

スクロヴは、お手あげだといわんばかりに触手二本をあげてみせた。

「きみのマシンは、わたしに話しかけてきた。きみにではなく」ヴァルヴルが思いださせるようにいう。「だれが正しい道にあるか、きみにはこれがヒントとなるだろう」

「実際、それが事実だと仮定して」と、スクロヴ。「わたしになにをしろと？」

「多くはないとも。わたしは、これから異人と接触を試みるつもりだ。そのあいだ、かれらが船から逃げださないようにしなければ。きみには、船を出発させ、予定のコースを進んでほしいのだ。時間をたっぷりかけてくれ。数分後にリクヴィングに到着するわけにはいかない。異人との交渉は、忍耐を強いられるものだから」

スクロヴはすぐには答えない。考える時間が必要なのだろう。

「提案をうけいれよう」制御マスターがとうとう口を開く。「都市間連絡船一三七は、数分後に出発する」

ヴァルヴルはほっとすると同時に、勝利感をおぼえた。とうとう、制御マスターの抵抗を打ち破ったのだ！　異人との接触を試みるために出発する。ほとんど幸福感につつまれた。

スクロヴがいまだに自身の計画をあきらめていないとは、まったく想像もできなかった。

*

最初に異変に気づいたのは、ヴジュガだった。

〈聞いてください！〉と、明滅信号を送ってくる。

プラクエトは、自動計測装置のひとつをマシン類の死角に設置しているところだった。一見、発見されにくい場所だ。ヴジュガの明滅信号に気づくと、作業を中断し、注目する。

「プロドハイムのすべてのよき精霊にかけて！」プレレディがささやく。

「いったいなにが……」このとき、プラクエトは床がちいさく震えるのを感じた。音響センサーが低い地響きのような音を伝える。

プラクエトは腕をおろした。この音と床の振動はまぎれもなく、脱出のチャンスが失われたことをしめす。箱形船が出発したのだ。乗員の帰還を待つ《ヒアクラ》がのこる宇宙要塞をあとにして。

プラクエトが顔をあげると、プロドハイマー＝フェンケンと目があう。

「で、これからどうするのです？」プレレディが淡々とたずねた。

「作業をつづけるのだ」プラクエトがうなるようにいう。「いつか、この船は出発点にもどるだろうから」

そう告げると、ふたたび計測装置の設置作業にもどる。ヴジュガとプレレディィも似たような作業にあたっていた。自動計測ステーションは、徐々に完成に近づいていく。あとは小型ハイパー送信機と接続するだけだ。

ほとんどだれも口を開かなかった。異船がどれくらいの速度で加速しているのか、わからない。どうやら、加速圧吸収装置が働いているようだ。プラクエトはときおり、左腕の計測装置を一瞥した。つねに〇・一気圧のままである。気温もこれ以上低くなることはない。つまり、箱形船の開口部は、空気が宇宙空間の真空にもれだすのを防ぐ、エアロックとしての機能をそなえているのだろう。

作業をつづけながらも、プラクエトの脳裏からは不快な考えがはなれなかった。この瞬間にも、例の異生物三体によって注意を喚起された仲間が出現するかもしれない。プレレディィとヴジュガには、どのような状況になろうとも、防御のさいは致命的武器を使用してはならないといってあった。ディスク型生物が攻撃してきた場合は、ショック・ブラスターでの応戦を試みる。そして、この武器の効果がないと判明した場合、異生物のだれかに致命的な傷を負わせるくらいなら、プラクエトはむしろ捕虜になるつもりだった。それにより、三公爵が定めた掟にしたがって行動することになる。

箱形船がどれくらいの時間、宇宙空間にあるかはわからない。きっと、異生物は超光速エンジンを所有するにちがいない。各宇宙要塞間の膨大な距離は、超光速航行でなければしのげないだろうから。航行が五日以上つづけば、食糧補給について考える必要がある。それ以上長くは、持参した凝縮口糧がもたないだろう。

プラクエトは驚いた。すぐそばで突然、よくとおる澄んだ声が聞こえたのだ。理解できない言語で話しかけてくる。振りかえると、三歩もはなれていないところに、ディスク型生物の姿がある。鼻が乾くのを感じた。どうやら、たったいまそこに実体化したようだ。

＊

制御マスターのスクロヴは、すでに自身の計画を進めていた。ヴァルヴルのアイデアには、たしかに一時的に感銘をおぼえたもの。とはいえ、内心の考えはずっと変わらない。本当に未知侵入者が実領域にいるのならば、これまでと同じように対処すべきだ。

スクロヴは、乗員たちを会議に呼びたくなかった。ふつうのマシノーテがそうであるように、かれもまたほかの仲間と集うのがいやなのだ。とはいえ、いまはほかに選択の余地がない。細心の注意をはらい、チームメンバーを招集する。都市間連絡船一三七は、すでに出発し、急加速しながら都市タラトから遠ざかっていく。乗船させるはめになった保守作業員には、会議についてなにも知らせてはならない。これは重要だ。かれらは信用できないから。

連絡船は高次相対速度領域に近づいていく。大スクリーンにうつしだされた星々が奇妙な色彩を帯びる。このとき、船内にある数すくないひろいキャビンのひとつで会議がはじまった。六十体の乗員は、可能なかぎりそれぞれの間隔をひろくたもつため、キャビンのすみずみに散らばる。

「この手の会議は、わたし同様、きみたちにも耐えがたいと思う」と、制御マスターがはじめた。「とはいえ、現況ではやむをえないのだ。船内に未知侵入者が三名いる」

これで、メンバーの注意がおのれに集中した。マシノーテの意識において、種族のほかのメンバーと集うよりひどく抵抗をおぼえることがあるとすれば、異人が実領域に侵入を試みると想像することだろう。

「船内にはまた、おろか者もいる」スクロヴはつづけた。「その者は、侵入者とコンタクトをはかることで、危険を回避できると信じているようだ。このおろか者の計画に関して、まったく考慮する必要はない。異人には、これまでしてきたのと同様の対処をするべきだ。二度ともどってくる気にならないように追いはらえばいい」

自身の計画を説明する。スクロヴは高い知性を持つマシン監視者だが、侵入者についてはなにも知らなかった。それゆえ、反撃を予想しなければならない。この場合、回避する方法をひとつ用意していた。

「とはいえ、まずは」と、締めくくる。「実際、わたしが予想するその場所に侵入者がいることを確認しなければならない」そう告げると、乗員の意識内にエネルギー・ルートのパターンを投影し、楕円形の空間にいたる道筋をマークした。セングモトがヴァルヴルとの会話においてしめしたマシン室である。「きみたちのうちのだれかに、偵察してもらいたい。このルートのつきあたりで実体化し、周囲を見まわしてから、ここにもどり、偵察の報告をすること」

一マシノーテが偵察をひきうけ、非実体化した。二分後、ふたたびもどってくる。

「すべて、あなたのいうとおりだ、スクロヴ。異人三名がマシン室にいた。その隣りに、あなたがおろか者と呼ぶマシノーテの姿もあった」

「よし」制御マスターが満足そうに応じる。「よくおぼえておくのだ。撤退しなければならなくなった場合は、そのおろか者もいっしょに連れてもどる。必要とあれば、無理やりにでも。この作戦において、マシノーテの命がひとつたりとも失われてはならない」

＊

プラクエトは、異生物が恐怖のあまり身動きがとれなくなるだろうと予想した。はじめての遭遇のさい、そうだったように。ところが、このディスク型生物は触手二本に支えられて快適そうに立ち、ボディをうしろにかたむけ、詮索好きそうな有柄眼でこちらを見つめている。すると、透明な半球の下のほうに、膜におおわれた開口部が出現。膜が脈動し、外側に向かってふくらんだのち、ふたたび内側に吸いこまれた。そのさい、よくとおる澄んだ音が聞こえた。以前、プラクエトが聞いたことのある音だ。

わたしと話がしたいのだ。この考えが、困惑したクラン人の脳裏をつらぬいた。

プレレディとヴジュガがすでに異変を感じとり、慎重に近づいてきた。ディスク型生物はそれに気づいたようだが、プラクエトに対するのと同様、二名を恐れるようすはない。

「なんと勇敢な！」プロドハイマー＝フェンケンがからかうようにいう。

プラクエトは手を振り、これを制した。ベルトのトランスレーターを作動させる。装置は、異生物の口とおぼしき発話孔から聞こえるあらゆる音を記録した。トランスレーターがこれを手がかりにどうにかできるかどうかは、のちほどわかるだろう。

ディスク型生物はしずかになった。こんどはなにをするつもりか？　プラクエトは驚きながら、自身のおかれた状況の悲喜劇性を意識した。異生物のすぐ近くで対峙《たいじ》しているのだ。ファースト・コンタクトの可能性として、これ以上ふさわしいものはないだろう。なのに、おのれは宇宙服につつまれたまま、相手に答えることもできない。ヘルメット・マイクは外部の音をひろうだけで、逆方向の伝達は考慮されていないのだ。プラクエトは必死の思いで表示装置を見つめた。なんの変化もない。依然として、○・一気圧。気温は絶対温度で二百度。絶望的だ！

〈異生物のじゃまをしないでください〉ヴジュガは明滅して注意をうながす。クラン人がいらだったようすをしめしたからだ。〈あなたと思考で意思疎通をはかろうと、テレパシーで話しかけるつもりです〉

「だが、わたしはテレパシーをとらえられない……」

〈そうです。異人にもそのことを知らせなければ。まず役にたたない方法を排除していくことで、コミュニケーションの方法を確定できます〉

「わたしと意思疎通がはかれないことは、まもなくかれにもわかるさ」プラクエトが絶望したように告げた。

〈われわれには、気圧と気温を調節できる場所が必要です〉アイ人が合図する。〈どうにかして、それをこの異生物にわからせないと〉

「わたしに考えがあります！」プレレディが叫んだ。「見ていてください！」

そう告げると、ふたつの物体をベルトからとりだした。小型計測装置と、非常に薄い金属フォリオだ。わずかな高さから、両方を床に落としてみせる。低重力のもと、ふたつとも同じ速度で落下。気圧がもっと高ければ、空気抵抗により金属フォリオは空中にとどまり、計測装置がまず先に床に落ちただろう。

異生物はプレレディの〝実験〟を注意深く見つめていた。プロドハイマー＝フェンケンは、ふたたび物体ふたつを持ちあげると、あいているほうの手でヘルメットをさししめし、頭を揺らしてみせる。ヘルメットがからだの一部ではなく、付属品であることをしめそうとしたのだ。そのあとで、実験をくりかえした。もっとも、こんどは金属フォリオから手をはなすことなく、床まで運ぶ。計測装置よりも遅く、床に達するように。

「わたしにはむしろ、わかりにくく思えるが」と、プラクエト。「はたして、異生物がこれを理解したかどうか。もし、かれが……」

そこで言葉がとぎれる。低い破裂音が聞こえたのだ。見あげると、浅黒い色をしたディスク型生物の集団が奥のほうで実体化するのが見えた。その数はどんどん増えていく。

「気をつけろ！」と、プラクエトは叫んだ。「われわれのだれかを捕らえるつもりだ！」

＊

異人のところに向かう途中、ヴァルヴルはスクロヴに対する不信感をつのらせていた。より道をし、分身ポルポルの近くで実体化。手短かに計画を説明する。

「スクロヴがわたしの計画を容認したとは信じられない。そこで、きみにはスパイとして、かれを見張ってもらいたいのだ。制御マスターになにか魂胆があるようなら、知らせてくれ。わたしの居場所はわかるな」

そう告げ、異人のもとに向かった。異人三名は、ポルポルが説明したとおりの外見だった。そのからだの構成は、驚くほど複雑だ。ヴァルヴルは思った。なぜ自然は、これほど複雑な構造体を苦労してつくりあげたのか。異人たちの体型はたがいに似かよっている。胴体に四本の手足。そのうち上肢二本は操作に、下肢二本は移動に役だつようだ。上体のてっぺんにある球状突起物は、程度の差はあれ、左右対称である。感覚器官や頭脳中枢だろう。もっとも、侵入者たちに共通しているのはそれだけだ。三名のうち最大の異人は、ほんものの巨人で身長三メートルほど。次は、身長二メートル以上の痩《や》せた生物。三番めの侵入者だけが、ヴァルヴルと似たような大きさである。

音声とテレパシーによる意思疎通のはじめての試みは、失敗に終わった。異人たちは反応しなかったのだ。痩せた異人は、胴体上部の球体を明滅させはじめたが、この信号はヴァルヴルにはまったくわからない。すると、小人が二本の把握手で、機能不明の物体ふたつをつかんだ。ヴァルヴルは細心の注意をはらい、この異人を見つめた。小人はどうやら、特定の状況下ではふたつの対象物のひとつが、もうひとつよりもゆっくり床に落ちることをしめそうとしたようだ。それはどのような状況下なのか？　ヴァルヴルはそう考え、コミュニケーションの試みが適切な方向に向かっていると確信した。

このとき、スクロヴ一行の攻撃がはじまったのだ。

ヴァルヴルは天井に向かって跳びあがった。マシノーテ数体と衝突するが、かれらはヴァルヴルにまったく注意をはらわない。身体的接触による不快感さえ、一時的におさえたようだ。マシノーテたちは異人三名を包囲し、その包囲網は刻一刻とせばまっていく。ヴァルヴルは、異人が細い筒のついた装置を手にかまえたのに気づいた。それがなにを意味するのかはわからない。この瞬間、スクロヴの姿を確認。包囲網のいちばん外側にいる。ヴァルヴルは、そこに向かって突進した。

「どういうつもりだ?」怒りをあらわにたずねる。「たがいに合意したはず……」

「あなたとの合意など、くそくらえだ!」制御マスターが言葉をさえぎる。「未知侵入者に対しては、ただひとつの方法だけが有効だ。ひたすら追いはらうのみ」

鋭い叫び声が響く。なにかをつらぬくような高い音を聞いて、ヴァルヴルは振りかえった。マシノーテ二体がその場で非実体化する。

「かれらを確保するのは無理だ!」だれかが、絶望の叫び声をあげた。「異人は武器を所有している……」

あらたに武器の音が聞こえた。列になっていたマシノーテが全員、消える。スクロヴは恐怖にとらわれ、

「第二プランだ!」と、うなるように叫んだ。「退却せよ! 第二プランに変更だ!」

そう告げ、非実体化する。ヴァルヴルにはわかった。こうなっては、もうなにも得るものはなさそうだ。わたしをほかの攻撃者と識別するのは、異人にはむずかしいだろう。

たとえ識別できたとしても、わたしを裏切り者とみなすにちがいない。この攻撃にそなえて、異人たちの注意をそらしたのだ、と。べつの好機が訪れるのを待ち、ふたたび意思の疎通を試みるべきだろう。

空間断層を閉じると、スクロヴのあとを急いで追う。真剣に話しあわなければ。

*

プラクエトは、自然とパララライザーを握っていた。ディスク型生物が自身と仲間二名を包囲しはじめたとき、一連の威嚇《いかく》射撃を見舞う。ところが、相手はなんの反応もしめさない。そこでプラクエトは、攻撃者の最前列を狙って撃った。そのさい、ディスク型ボディのはしを狙う。見るかぎり、そこには敏感な器官がなさそうだから。パラライザーが異生物に効力があるかはまだわからない。この武器は従来、生命体の神経機能を麻痺させるものだ。このディスク型生物は、従来どおりの生命体なのか？　あるいは、パラライザーが効かないと判明するかもしれない。その場合、どうするべきか？

手にした武器が怒りの咆哮《ほうこう》をあげる。ディスク型生物の一団のどこかで、鋭い悲鳴があがった。プラクエトは見た。ビームが命中した者は非実体化している。ふたたび発射すると、同じ効果が見られた。

すでに、プレレディとヴジュガも攻撃を開始していた。相手はどうやら、武装していないようだ。高性能パラライザーのうなる集束ビームに対して、いかなる防御手段も持たない。一連のディスク型生物が魔法の手にかかったように光る。ビームが命中するたび、該当者が非実体化した。反射的反応なのか、あるいは防御処置なのか？　プラクエトにはわからない。最後の一体が消えるまで、発射しつづけた。

「醜いちびの悪党め」プレレディが悪態をつく。「われわれの注意をそらせるものなら……」

「しずかに！」プラクエトがいさめる。

遠くから、鈍い音が聞こえたのだ。箱形船内のどこからか聞こえてくる。やがて音は遠ざかり、とだえた。ふたたび聞こえたが、そのあとは沈黙が支配する。

「いまのは……搭載艇が二隻、出発した音では……」プロドハイマー＝フェンケンが口ごもる。

プラクエトは、パラライザーをベルトにもどし、

「そのとおりだ」と、苦々しくいった。「これがなにを意味するか、われわれにはわかる。大急ぎでここから出なくては！」

一行は通廊に急ぐと、力強く床を蹴って進んだ。ほとんどゼロに近い重力のおかげで、いっきに十数メートルを移動する。数分もたたないうちに、船内への侵入時に使った、箱形船の斜面上部にあるちいさなエアロックに到達。プラクエトはトンネルのような開

口部の向こうを見つめた。星々の海がきらめいている。

きらめいている、だと？　プラクエトは明るい光点に意識を集中させた。たしかに、まちがいではない。恒星の光度がはっきりと変動をしめしている。まるで、高密度の大気圏を通して見ているようだ。

気圧！　この言葉がクラン人の脳裏を駆けめぐる。箱形船が宇宙要塞を出発してから、気圧はずっと一定だった。エアロックは、先入観にとらわれずに見てもただの穴にしか見えないが、それでも船内の空気が真空中にもれださないよう、遮断装置がついているということ。この星々は、プラクエトと宇宙の真空のあいだにあるエネルギー・バリアのせいで、きらめいて見えるのだ。

だが、いまは？　あとどれくらい時間がのこされているのか？　異生物が急いで船をひきあげていったのは明らかだ。あと数分か？　何分だろうと同じだ。エネルギー・フィールドを切る装置を探して脱出するしか、手はない。プラクエトがヘルメットの小型投光器のスイッチをいれると、エアロック室の壁に明るい円が浮かんだ。

ヴジュガが前方に進み、腕をさしだすのが見えた。アイ人はさらに進み、ほとんどトンネルのはしに到達。細いからだの輪郭が不鮮明になった。

プラクエトは、とめていた息を、歯のあいだから音をたてて吐きだした。マイクロ構造フィールドだ！　気体分子のようなふるまいをするもの以外、すべてを通過させる。

思わず、ディスク型生物の高度技術に敬服の念をおぼえた。意を決し、からだを前に投げだす。フィールドの存在を認識することもなく、通過できた。プレレディがあとにつづく。三名はたがいの姿を見失わないよう、宇宙服の発光装置のスイッチをいれた。プラクエトはヘルメット・テレカムを通じて、反重力プロジェクターを作動させるタイミングを伝える。一行は最大価で加速。箱形船が背後でちいさくなっていく。かすかな光点と化し、やがて完全に消えた。

だれもが無言だ。絶望のこの瞬間、プレレディにとってさえ、泣き叫ぶべき理由が多すぎた。星々が奇妙な色彩をはなつ。周囲を見わたせば、すべての色彩スペクトルが虹のごとく目に飛びこんでくる。クラン人、アイ人、プロドハイマー＝フェンケンは、ダイバン・ホースト宙域のしずかな星々の背景に向かって、相対速度で進んでいた。《ヒアクラ》のある宇宙要塞は、どこにも見えない。プラクエトは宇宙要塞までの距離を数光時と推定。低出力の反重力プロジェクターでもどるのは不可能な距離だ。どのような希望が、まだのこされているというのか？　第二十艦隊は依然として宇宙要塞のある宙域にいるとわかっている。艦隊司令官マソは、搭載艇をふたたび収容するため《ヒアクラ》からのシグナルを待っているのだ。だが、シグナルが発信されることはけっしてない。マソは冷酷な戦士だが、一定時間が過ぎれば、プラクエトと同行者の消息をたしかめようとするだろう。とはいえ、宇宙服に身をつつみ、相対速度で宇宙を進む三名を見つけられる可能性は、どれくらいあるというのか？

　暗闇のなかに青白い火球が生じ、拡大していく。やがて、数千の細かい火の粉となり、あらゆる方向に散った。これは、侵入者を待ちうけていた罠であった。巨大箱形船が爆発したのだ。

＊

　ヴァルヴルは非実体化する直前、刺すような激痛を脳裏におぼえた。警報が発せられたのだ！　エネルギー・ルートが切りかわったのに気づく。いずれの通廊も例外なく、ただひとつのゴール……搭載艇がならぶエアロック室につづいていた。

　ヴァルヴルは搭載艇のひとつに実体化。どの搭載艇もマシノーテ二百体を収容できる。キャビン内は大騒ぎだった。マシノーテ数ダースが虚無から出現し、床にしつらえられた弓形の切れこみにからだを押しこんでいく。実領域の住民たちが搭載艇だと信じているこの機体は、風変わりな考えを持つマシノーテ十七体が考案したもの。大災害時にのみ利用されるが、乗客はもっともせまいキャビンに無理やり集められるのだ。

　ヴァルヴルはあたりを見まわした。機体の胴体部が細くなって操縦マスターのキャビンにつづく場所で、分身ポルポルを見つける。ごったがえす群衆をかきわけ、分身に近づこうとした。ポルポルもヴァルヴルが近づいてくるのに気づく。

「スクロヴの姿はもうどこにも見あたらない」分身が嘆き声で告げる。「すでに機体に乗りこんだのだろう」

「この事態を考えてみるべきだった」ヴァルヴルがつぶやくようにいう。「スクロヴの居場所がわかるか？」

「かれは連絡船の制御マスターだから」と、ポルポル。「おそらく、いずれかの搭載艇で操縦マスターの役割をはたしているはず」

ヴァルヴルは同意をしめした。この瞬間、搭載艇が動きだす。うなるエンジン音が聞こえた。艇内では推進力は感じられない。加速圧吸収装置が機能しているのだろう。天井の下には、小型スクリーンが設置されている。搭載艇が連絡船のボディから宇宙空間にすべりだすと、スクリーンに星々の群れがうつしだされた。

ヴァルヴルはポルポルのかたわらを通りすぎた。細い胴体部を通りぬけ、操縦マスターが任務に従事するキャビンに到達する。ポルポルの推測は正しかった。搭載艇を操縦するマシンの前にすわっているのは、スクロヴだ。床の切れ目で快適にくつろぎ、自身と世界に満足しているようだ。

「裏切り者！」ヴァルヴルが鋭い声を浴びせかける。

スクロヴは驚いて身をひるませ、有柄眼をヴァルヴルに向けた。入室する音が聞こえなかったようだ。

「わ……わたしはただ、しなければならないことをしただけだ」と、つかえながらいう。

「侵入者は追いはらわなければならない。これはだれもが知ること」

「で、きみがかれらを追いだしたわけか？」ヴァルヴルがからかうようにいう。「むしろ、こちらのほうが逃げだしたように見えるが」

「つまり、その……都市間連絡船がまもなく爆発するからだ。船は、みずからをもって異人たちを死にいたらしめる」

「そのさい、どれほど多くのマシノーテが命を失うのだ？」ヴァルヴルがたずねる。

「一体も！」スクロヴが宣言した。「わたしは、全員が避難できるよう警報を発した。保守作業者たちも、搭載艇三隻のいずれかに乗りこんだはず」

ヴァルヴルはほっとした。すくなくとも、スクロヴはそこまでおろか者ではなかったようだ。

「きみは、第一監視者の前で、みずからの行動の責任を問うべきだ」と、深刻に告げる。

「わたしは、あなたのいう第一監視者とやらを知らない！」スクロヴがはげしく応じた。

「それに、すべきことをしたからといって、だれからも責任を問われる必要はない」

「きみはまちがっているぞ、制御マスターのスクロヴよ！」

強くとどろきわたる声がマシンから聞こえ、ヴァルヴルもスクロヴも驚いて跳びあがった。ヴァルヴルが振りかえると、スクリーンが明るくなっていた。そこには、マシンであふれた部屋がうつしだされる。これまでの二度にわたる会話によって、すぐにそこがどこだかわかった。

「きみには、よきアドヴァイスがあたえられたもの、スクロヴ」と、声がつづける。「だが、きみはそれを拒否した。わが代理人が説得を試みたが、きみはわたしなど知らないといいはった。わが代理人が賢明な計画を提示したのに、きみは自身の考えに固執《こしつ》し、かれを裏切った。まもなく、きみは都市間連絡船を失う。船を破壊する起爆装置のスイッチをいれたのは、きみ自身だ。きみにはもう用はない、スクロヴ」

スクロヴが震えはじめた。輪郭がぼやけ、突然、姿が消える。ヴァルヴルは驚きながらも状況を見守った。マシノーテがこのように非実体化する場合、原因はふたつある。ひとつは分裂期にはいるとき、もうひとつは生涯が終わったときである。分裂期ならば、まもなく分身とともにふたたび出現する。だが、生命の終焉を迎えた場合は、空間断層は永遠に閉じられたままなのだ。

数分が経過した。制御マスターはもう二度と姿をあらわさない。ほんのひと言でマシノーテの命を終わらせた不思議な力に対する畏怖の念に襲われながら、ヴァルヴルはふたたびマシンに向きなおった。

「いまや、きみが操縦マスターだ」と、第一監視者。

「わたしは、搭載艇の操縦についてなにもわかりません」と、ヴァルヴル。

「実領域の住民は、だれも自身のすることについてわかっていない。マシンがきみたちすべてを導く。スクロヴはもう二度と姿をあらわさない。その地位をきみがひきつぐのだ。目の前のマシンが、すべきことを教えてくれる」

「目的地はどこでしょう？」ヴァルヴルがたずねた。

「依然として、リクヴィングだ」と、第一監視者。「きみとじっくり話しあうべきときがきた」

ヴァルヴルがこの言葉の意味を理解するまで、しばらくかかった。

「あなたは……リクヴィングに住んでいるのですか？　きみに会えるだろう」

「リクヴィングは実領域の首都だ。まもなく、きみに会えるだろう」

スクリーンが暗くなった。ヴァルヴルは茫然自失して、床の刻み目にからだをあずけ、マシンと向きあう。奇妙な感覚が心を占めた。第一監視者に会えるのだ。おのれを悩ます多くの疑問に対する答えが得られるだろう。なぜ、マシノーテはこれほど単調な生活を送っているのか？　なぜ、まったく主導権を握らず、自身のマシンに依存しているのか？　創始者とは何者か？　以前、第一監視者が口にした〝本来の任務〟とは、なんなのか？

なんともいえない感じが、意気揚々とした気分に変わった。ヴァルヴルは感じた。おのれはバリアを突破し、境界を乗りこえたのだ。これまでのような悲惨な生活を送ることは、もう二度とないだろう。

スクリーンに輝く火花が出現する。都市間連絡船一三七が爆発したのだ。これにはほとんど動じなかった。より大きなものが待っている。

6

「あれはなんだ、ペルトル?」マソが不機嫌になった。

「ハイパーエネルギー性散乱放射です。爆発によってのみ、生じるもの」《ジェクオテ》の第一艦長が答えた。「それも、非常に興味深い象限で生じました……《ヒアクラ》が待機する宇宙要塞から二光時とはなれていません」

マソはシミュレーション・スクリーンを見あげ、詳細を知ろうとした。そこには第二十艦隊がうつしだされている。艦隊は、宇宙要塞が占める球状セクターの奥にひそんでいた。ここ数日間のうちに、艦隊はふたつの目的にそった行動をいくつか実行している。ひとつは異人の防御兵器の有効範囲外にとどまること。ふたつは《ヒアクラ》からのシグナルをいつでも受信できるよう、搭載艇からはなれないこと。

「で、これをどう思う、ペルトル? プラクエトが関係しているとでも?」

「その可能性を否定するわけにはいきません」と、第一艦長。「思いちがいでなければ、爆発は箱形船に関係するものでしょう。箱形船の爆発が記録されたことは、これまでに一度たりともありません。かなり信頼がおける船のようです。その一隻が、われわれの偵察隊を降ろしたポイントのすぐ近くで吹きとんだとなると……」

マソはしゃがんだ姿勢から立ちあがり、まっすぐからだを起こした。

「あのおろか者が、まさか箱形船に乗りこんだというのか？」と、うなるようにいう。「まったく、似つかわしくない。エンジニアに、それほどの大胆さが？」

マソは一瞬ためらったのち、命令を発した。

「艦隊を向かわせろ」と、ペルトルに向かって告げる。「爆発が起きたポイントまで飛ぶのだ。要塞から二光時の距離といったな？　そこならば、異人の武器もとどかないだろう」

艦隊が出発した。爆発は、艦隊のほかの部隊によっても観察され、探知されていた。目標ポイントの座標を《ジェクオテ》から伝える必要はない。

数分後、艦隊は時間軌道へと消えた。

二時間ほどかかって、第二十艦隊は千二百光年はなれたポイント付近にふたたび出現。爆発のシュプールはとうに消えうせ、箱形船の残骸もすべてガス化していた。《ジェクオテ》の受信装置は、クラン人の通信装置から発せられる信号を待ちかまえた。捜索は数時間におよんだが、朗報はない。

そこで、ペルトルはついに、爆発データをもう一度分析するという考えにいたった。

すると、前回は見逃していた情報が見つかる。爆発した船は相対的速度で動いていた。つまり、実際の速度と飛行ベクトルが、記録データよりほんの数パーセントほどずれていたと判明。《ジェクオテ》は、誤ったポイントを捜索していたのだ！

マソは旗艦を進めた。艦隊ののこりがこれにつづく。箱形船がとったコースから一光秒ほどはなれて、並行して進んだ。爆発データから判明した同じ速度をたもちながら。

半時間が経過し、高感度計測装置がはじめて信号を受信した。解読したところ、クラン艦隊の標準緊急コードだった。なんなく発信源の探知に成功する。二十分後、《ジェクオテ》は発信源に接近。よるべなく宇宙をさまようちっぽけな姿三つを、探知装置がとらえた。その後まもなく、プラクエト、ヴジュガ、プレレディの三名は旗艦に収容される。冒険の旅が終わったのだ。

＊

この出来ごとが起きたポイントから四万八千光年はなれた宙域で、公爵グーの巨大艦《クラノスI》がクランドホル公国の中枢惑星クランに向かうため、時間軌道を進んでいた。艦内にはふたりのベッチデ人、ブレザー・ファドンとスカウティの姿がある。ふたりは惑星クールスにいたさい、公爵グーに説得され、なかば意志に反してクランに向かうことになったのだ。

ブレザーとスカウティは、ひとつのキャビンをシェアしていた。日常生活における男女の役割分担にまったく相違のないクラン人にとり、たんに異性というだけで異なるキャビンを割りあてるという発想はない。

惑星キルクール出身のふたりの心を、奇妙な気分が占めていた。とうとう、三公爵が住まう惑星クランに向かうのだ。もとめつづけたゴールでもある。祖先、つまり《ソル》の宙航士の運命に関する情報をそこで得られるだろう。しかし、クラン艦隊の新入りとしてキルクールを出発したときは、三人グループだったのだ。もうひとりのメンバー……グループ内でリーダーとして認められていたサーフォ・マラガンは、惑星クールスでルゴシアードに参加し、スーパーゲームに出場したのち、あとかたもなく消えてしまった。まさにこの理由により、スカウティとブレザーはクールスにとどまりたかったのだ。公爵グーの申し出は魅力的だったが、しぶしぶしたがっただけ……いずれにせよ、公爵がそういいはるなら、逃れようもなかったのだが。惑星クランが待ちうけているとはいえ、ふたりにとっては当面、消えたもうひとりの仲間を見つけることがより重要だった。

「サーフォはどこにいると思う？」スカウティが思わず口にした。次の瞬間、いわなければよかったと後悔する。この数日間で、どれくらい同じ質問をくりかえしたことだろう？　だれにも答えはわからないというのに。

寝台のすみに腰をおろしているブレザーは、悲しそうにかぶりを振った。

「きのう同様、きょうもわからない、スカウティ。だれにも、かれがなぜ姿を消したのか、わからない。どこにいるのかも」

よくよく考えてみれば、なぐさめがただひとつだけある。スカウティはそう考えた。クランドホル公国の最高権力者三名のひとりである公爵グーは、ルゴシアードの惑星クールスに着陸すると、すぐに自分たちに対する特別な関心をしめしたもの。公爵はベッチデ人に興味をいだいている。なにか特別にユニークな存在であるかのように、魅了されているのだ。いくら公爵グーが大げさに病気であるとアピールし、感情をかくそうとしたところで、スカウティの目を逃れることはできない。

なぜ、公爵はサーフォ・マラガンの失踪について、とるにたりない出来ごとのようにとらえているのか？　まるで、まったく特別なことではないとでもいうように。なぜ侯爵は、クランに連れて帰るベッチデ人がふたりだろうが三人だろうが、どうでもいいといった感じにふるまうのか？　なぜ、スカウティとブレザーに、クールスで行方不明者を探すことをさせなかったのか？

もっともらしい説明はただひとつ。サーフォ・マラガンの失踪は、前もって計画されたものなのだ。サーフォは、まるで虚無に消えたかのように姿をくらました。公爵グーはこうなることを知っていたのだろう。いや、それどころか、サーフォがこの瞬間どこにいるのかも知っているにちがいない。のこされた自分たちがそのことについて質問しても、応じないのには、特別な理由があるのかもしれない。

スカウティは顔をあげた。ブレザー・ファドンが驚いたような声を発したのだ。ブレザーは、壁の小型スクリーンをさししめしている。そこには輝く星々がつぎつぎと出現していた。《クラノスI》が時間軌道をはなれ、通常空間にもどってきたわけだ。

「こんなに早く?」スカウティが驚きの声をあげる。「まさか……」

「それはありえない」ブレザーは、はげしくかぶりを振りながら、話をさえぎる。「ここは、惑星クランからすくなくとも二千光年ははなれたポイントだろう。なぜ、公爵グーがここでふたたび航行を中断したのか、だれにわかるものか……」

＊

沈黙がマソのキャビンを支配していた。ちょうど、プラクエトが報告を終えたところだ。第二十艦隊司令官は陰鬱なようすで、あらぬかたを見つめた。黄色い目に、脅すような光が宿る。黄色がかった砂色のたてがみが逆立っていた。

「もうたくさんだ!」ついに、うなるようにいう。「こんどは、わたしが惑星クランの面々に目にもの見せてやろう!」

「なにをするつもりで?」プラクエトが慎重にたずねた。

「年老いたマソとはいえ、まだ気骨が充分にあることを見せてやる！」司令官は背筋をのばしてみせた。「クラン艦隊には、しぶとい敵をじらすこと以外に重要な任務があると、はっきりしめすのだ。かれらの目をさまさせてやる。目がさめたなら、ついに戦士の出る幕がきたと、わかるだろう！」

プレレディは、年老いた勇者のきびしい怒りの言葉を聞いて、身をすくめた。ヴジュガはわれ関せずといった感じですわったまま、ふたつの有柄眼で壁の染みをじっと見つめている。

「これまで、異人の宇宙要塞に関して」プラクエトはたずねてみた。「公爵たちに助言や援助をもとめたことはありますか？」

「助言や援助だと？」マソがあざけるようにうなる。「もとめたことがあるかだと！　二回、三回……いや、六回だ！　で、どんな返答があったかわかるか？」

「わかりません」プラクエトは不必要にもそう答えた。

「忍耐を持てと、わたしにいったのだ。けっして急《せ》いてはならないと。〝秘密兵器〟を開発中だといっていた。だれも傷つけることなく、行く手を阻《はば》む障害を排除できるらしい。お涙ちょうだいもののばかげた話ばかり聞かされたが、それでも、時期については言及しないのだ。わが忍耐も限界に達した。使者を派遣することなどしない。みずからクランに向かう！」

「そこでなにをするつもりですか？」

マソが胸をはると、たてがみがなびいた。

「クランで、人々はまだ年老いたマソのことをおぼえているだろうか？　わたしが公爵たちにでなく、市民に、艦隊将校に、基地の指揮官に語りかけたら、その言葉に耳をかたむけるだろうか？　たしかに、マソのことを人々はおぼえているとも！　たしかに、その言葉に耳をかたむけるとも！　わたしのいうことは筋が通っているため、人々は耳をそばだて、これまでの艦隊の政策は公国にとり最善のものだったのかと、疑問に思いはじめるにちがいない。だれにもまったく危害をくわえることなく大宇宙を統治するというのは、小心者の上品ぶった哲学にすぎないのではないか、とな！」

プラクエトはこの年老いた戦士を充分によく知っているので、かれの言葉が本当に意味するところを理解できた。大仰《おおぎょう》に聞こえるものの、その背後には深刻な脅威がかくされている。マソは実際、人々にひろく知られる人物なのだ。ゆるぎない戦士という評判のほうが先歩きしていた。多くのクラン人にとり……ほかの種族にとっても……マソは、いにしえの艦隊の誉れ高き輝きを体現している。当時のクラン艦隊は、公国の敵対者に対し、だれがここでの決定権を持つのか教えるのに、長くためらうことはなかった。

マソの計画は深刻な危険を秘めている。プラクエトは、ほかの艦に移乗してベロガン宙域にある第二十艦隊ネストにもどる許可をもとめた。マソはまったく異議を唱えず、それどころか、プラクエトと同行者ふたりの宇宙要塞と箱形船内での向こうみずな活躍を、しぶしぶながらも讃《たた》えたもの。

ネストに帰還する途中、プラクエトは考えこんだ。メンタリティがまったく異なるとはいえ、マソは上官である。口やかましいいにしえの勇者に対するしかるべき尊敬の念も、献身の必要性も感じている。とはいえ、これはより高いレベルの忠誠心に関わる問題だ。マソを妨害することなく、好きなようにやらせておけば、公国全体が危機におちいるかもしれない。

プラクエトはネストに到着後、ただちにハイパー通信ステーションにアクセスした。奇妙なかたちをしたアンテナからメッセージが流れ、一ダース以上のリレー・ステーションを経由し、四万光年以上の道のりをへて、惑星クランにとどく。プラクエトが友のひとりに向けたメッセージの内容は、以下のようなものだった。

〝マソが《ジェクオテ》でクランに向かっている。ひと騒動おこすつもりだ〟

＊

《ジェクオテ》がクランに到達する前、方位測定のため最後に通常空間に出現したさい、ハイパー受信機が作動した。オートパイロットが受信したのは、最高権限を持つ者による暗号化命令だった。減速して静止し、待機せよとのこと。オートパイロットは瞬間的にしたがった。操作には、ただひとりの乗員の手も必要としない。なにが起きたのかをマソが正確に知る前に、《ジェクオテ》は静止した。

「どこのどいつが、われわれの行く手を阻んだのだ？」マソは司令スタンドに突進すると、怒りの声を響かせる。

第一艦長ペルトルが振りむいた。冷笑するように目をきらめかせ、告げる。

「わたしがあなたの立場ならば、もうすこし慎重に言葉を選ぶでしょう。これは公爵グー自身の命令ですから」大型スクリーン中央の光点をさししめしながら、「《クラノスⅠ》です」

マソは驚きのあまり、押し黙った。これはたんなる偶然なのか、それともグーが待ち伏せしたのか？《ジェクオテ》が惑星クランに向かうことを、だれが知っていたというのか？

「公爵が訪問をもとめています、司令官」と、ペルトルがつづける。「あなたのために、搭載艇を迎えにつかわすと」

公爵グーについては、一点だけ認める必要がある。訪問客を身分相応にあつかうすべを知っているのだ。《クラノスⅠ》の大型エアロック室で、マソはクラン人の儀仗兵に迎えられ、公爵の自室キャビンに案内された。グーは、豪華な調度品をしつらえた室内にひとりきりでいた……フィッシャーという柱ロボットの存在をのぞけば。公爵はカラフルな衣装をなびかせ、苦しげな笑みを浮かべながら、艦隊司令官を迎えた。まるで、なにかの痛みが、再会のよろこびをだいなしにするかのように。

マソは左手で額に触れた。忠誠をしめす数多くのジェスチャーのひとつだ。これらのジェスチャーを用い、人々は公爵に挨拶する。グーは、自身の右側のクッションをさししめした。

「さ、もっと近くにくるがいい、マソ。きみは公国にとり、勇敢な戦士だ。わがよろこびをしかるべく表現したいところだが、遺憾ながら、同行する藪医者たちは、いまだにわが背中の痛みの原因をつきとめられないでいる。ただ歯をくいしばるしかない」

マソの表情は微動だにしない。公爵グーは二ダース以上の病気を患っているとされる。思いこみによる痛みを描写するさいの想像力はかなりのものだ。公爵が自身の健康上の問題点について語るあいだは、けっして中断させてはならない。

奇妙にも、きょうのグーは病気の話に長くとどまらず、注目に値いするほど早く本来の懸念事項にうつった。

「ここ数週間というもの、わずかとはいえない懸念事項にわたしは悩まされてきた、旧友よ。それで公国は、ダイバン・ホースト宙域におけるきみの問題に力を貸すことができなかったのだ。それでも、きみは何度もなぐさめの言葉をうけ、危険を排除できる秘密兵器を提供すると約束されてきたはず。さ、マソ」そう告げると、公爵はぽっちゃりした顔に満面の笑みを浮かべ、立ちあがった。この瞬間を祝うためではなく、痔が痛みだしたからだ。公爵が患う疾患のうち、唯一思いこみではないものである。「きみの忍耐は報われた。秘密兵器は存在する。この艦内にあるのだ。それをうけとり、《ジェクオテ》に乗って第二十艦隊の担当宙域にもどるがいい」

公爵の勝ち誇った顔に、マソは不安をおぼえた。公爵グーは、そのもったいぶったふるまいにもかかわらず、抜け目ない男なのだ。自分が惑星クランを訪れようとした理由がわかったのか？　面倒なトラブルメーカーを大騒ぎせずに追いはらいたくて、公爵は秘密兵器をでっちあげたのだろうか？

「ところで、それはどのような兵器なのでしょうか、公爵？」マソは同じく立ちあがりながら、たずねた。

「特殊な訓練をうけ、特殊能力を有する戦士のことだ」まるで自身が秘密兵器の開発を指揮したかのように、グーは誇らしげに告げた。「異人の宇宙要塞など、たちまちかたづけられるだろう。可及的すみやかな報告を期待しているぞ」

「秘密兵器はこれまで、どのような対象に対してテストされたのでしょうか？」マソがたずねる。

「さまざまだ。その効果には疑いの余地はない。きみは驚くだろう」

クラン艦隊の制服を身につけたプロドハイマー＝フェンケン三体は、なにも知らずにいた。知っているのは、スカウティとブレザーを搭載艇に乗せなければならないことと、目的の艦が《ジェクオテ》と呼ばれていることだけだ。ベッチデ人ふたりはすくない荷物を大あわてでまとめると、エアロックに向かった。

＊

《クラノスI》と《ジェクオテ》はたがいに並行して進むコースをとった。二隻の間隔は二百キロメートル。高速搭載艇にとってはひとっとびの距離だ。《ジェクオテ》のエアロックで、ブレザーとスカウティは一クラン人に迎えられた。クラン人はまず疑わしげにふたりをじろじろ見つめたあと、艦隊司令官のキャビンに向かう道すがら、マソと第二十艦隊に関する情報をもたらした。

司令官はひとりきりで、副官たちは席をはずしていた。マソが背筋をのばしていたため、その前のベッチデ人ふたりは、まるで小人のように見える。司令官は怒りに燃える目でふたりを見おろし、口を開いた。その声は、噴火する火山のとどろきそのものだ。

「考えればわかったはず！」と、うなる声でいう。「あのブタづらのジャッカル！　こんなちびどもを秘密兵器と呼ぶのか？　公爵を一瞬でもこの手に捕まえることができたなら！」

手をひろげ、見えない敵の喉をひきさくようにした。この瞬間、マソに会っただれもが疑わないだろう。怒りのあまり、公爵を殺すことさえいとわないにちがいない、と。

「で、きみたちは?」と、とどろくような声でたずねる。「それについて、なんというう? どのようなかくされた能力を持つというのか? 未知なる宇宙要塞を排除するのに、どうわたしの役にたつというのか、つまらない小人たちよ?」

「あなたがなんの話をしているのかさえ、わたしたちはわからないのです」スカウティは恐れることなく応じた。「なぜ《ジェクオテ》に連れてこられたのかも、まるで見当もつきません」

「なるほど、そちらも似たような状況か!」マソが激昂する。「公爵は、わたしにはきみたちのことを秘密兵器といつわり、きみたちも完全に公爵にだまされたわけか」

「われわれ、期待にそえるようにするつもりです」と、ブレザー。

マソは、軽蔑に満ちた笑い声をあげた。

「ああ、なるほど。きみたち小人が秘密兵器になると! グーがわたしに告げたとおりの価値が実際あるかのように、きみたちを出撃させよう。そして、きみたちの皮と骨の残骸がまだのこっていたなら、それを容器にいれて、太鼓腹の公爵に送りつけようか」

「あなたが司令官ですもの。艦隊に対する責任をはたせるよう、わたしたちをあつかえばいいわ」と、スカウティ。「でも、あなたのようにほとんど自制心のない男を、なぜ公爵が第二十艦隊司令官に抜擢したのか、世間は驚くでしょうね」

マソは、スカウティの頭部とほとんど同じ高さに顔がくるまで、腰をかがめた。

「よくも生意気な口をたたいてくれたな、小人？」と、マソ。「きみたち、とるにたりない三名を巨大な宇宙要塞に向けてはなったあと、きみの泣き声が聞きたいものだ……これまで勇敢にも一クラン艦隊にたちむかってきた宇宙要塞二千に対し、新入り三名か。さ、もう出ていってくれ！」

ドアが開いた。外で待っていた副官が、ベッチデ人をキャビンに案内する。さまざまな音とシグナルにより、《ジェクオテ》がすでに出発したとわかった。

ブレザーは不機嫌にベッドに身を投げだし、ため息をついた。「われわれ、ゴールにあれほど近づいていたのに……いまは？」

「遠ざかるがいい、美しい惑星クランよ」と、ため息をついた。「われわれ、ゴールに
「わたしたち、なんだか危険な任務にふたたびみずから志願したみたいね」スカウティは荷ほどきをしながら、自嘲するようにいう。

「宇宙要塞か」と、ブレザー・ファドン。「それも、二千の。それにどんな意味があるのか、知りたいものだ」

「それについて、頭を悩ませる必要はないわ！」と、スカウティ。「わたしたちを派遣する前に、必要な情報をあたえるはずだから」

「あのマソとやら、信用できない」ブレザーが不快感をあらわにいう。「マソと公爵グーとのあいだには、どうやら一種の確執《かくしつ》があるようだ。もし、マソが自身の正当性を証明するために、みずからわれわれの息の根をとめる必要が出てくれば、そうするだろう」

「それについても、わたしがあなたなら、まったく心配しないわ」スカウティがあくびをしながらいう。

「なるほど！　きみはもう、すべての解決策を用意したわけか？　われわれ、どうやって二千の宇宙要塞を打破し、マソの執拗な手を逃れることができる？」

「手がかりもないけど」スカウティが退屈そうにうけながした。「それは、ほかのだれかの問題ね」

「ほかのだれかって？」ブレザーがからだを起こしてたずねた。

「なんてこと。あなたの耳がいったいなんのためについているのか、ときどき疑問に思うわ」スカウティが嘆くようにいう。「あのクラン人がいうのを聞いてなかったの？　とるにたりない〝三名〟っていったのよ。新入り三名って」そう告げると、確信に満ちたようにブレザーにほほえみかけた。

「つまり……」

「ええ、わたしたち、もうふたりきりではないわ。サーフォのほかに、だれが三人めの新入り、三人めのとるにたりない存在でありえるというの？」

過去マスター

クルト・マール

1

艦隊司令官マソの旗艦《ジェクオテ》は、ベロガン宙域の第二十艦隊ネストに向かっていた。クランドホル公国の中枢惑星クランから四万三千光年はなれたセクターである。《ジェクオテ》には、ベッチデ人のスカウティとブレザー・ファドンが乗っていた。ふたりはすこし前まで惑星クランに向かっていたが、公爵グーの命令により、旗艦にうつることになったのだ。《ジェクオテ》におけるふたりの役目は不明だった。司令官マソはきわめて不機嫌にベッチデ人を迎え、ふたりが排除すべき二千の宇宙要塞に関し、不吉な発言をしたもの。この任務は、ブレザーとスカウティにはすでに困難なものに思えた。そのため、マソは完全に、新入りは要塞に対してなにもできないにちがいない、と、確信したようだ。ベッチデ人は公爵グーのいわゆる秘密兵器としてマソにゆだねられたわけだが、唯一〝秘密〟といえるのは、ふたりが実際はマソを惑星クランから遠ざけるための口実にすぎないことだろう。司令官はそう考えた。マソがクランに行って公爵の政治を批判すれば、なんらかの物議を醸《かも》していただろうから。

問題はほかにもある。マソは、自分たちベッチデ人に対する怒りを露骨にしめしたもの。艦隊での経験豊かな司令官よりも、ごく若い新入りのほうが危機打開能力が高いとみなされ、上位に据えられたのだから。だが、そのさい、司令官は新入り二名ではなく〝三名〟といったのだ。

公爵グーの艦《クラノスI》が《ジェクオテ》を停止させたさい、スカウティとブレザーも公爵とともに、惑星クールスからクランに向かっていた。クールスでは、ルゴシアードにひきつづいてスーパーゲームが開催された。三人めの仲間サーフォ・マラガンはこのゲームに出場し、その後、あとかたもなく消えうせたのだ。

マソの不可解な言葉を聞いて、スカウティは確信した。サーフォ・マラガンがどこか近くにいる……旗艦内か、あるいは目的地である第二十艦隊ネストに。さもなければ、どうして新入り三名などとマソはいったのか？　ここ数時間で、スカウティはこの件に関し、ブレザー・ファドンを納得させることに成功した。

ネストまでは、おそらく三日はかかるだろう。その半分が経過し、ベッチデ人ふたりが相《あ》いかわらず、キャビンで不快な考えにつきまとわれていると、ドアが開いた。がっしりしたつくりのターツ二体が許可ももとめず、室内にはいってくる。銀色に輝く鱗《うろこ》の装甲を持つトカゲの末裔《まつえい》だ。自動制御の医療担架《たんか》がうしろにつづく。その上には一ベッチデ人が身じろぎもせず横たわっていた。担架はキャビンの中央までくると、床におろされた。自動制御装置がはずれ、浮遊しながらはなれていく。ターツ二体は踵《きびす》を返し、ひと言も告げずに出ていった。

スカウティとブレザーは跳びあがった。驚きのあまり、状況を把握できない。低い担架の上にかがみこみ、意識不明者の青白くやつれた顔をのぞきこむ。額には、ガラスが溶けてふたたびかたまってできた産物のようなバーロ痣《あざ》がひろがっていた。痣は頭部をななめに横切り、うなじにまで達する。

「サーフォ……」スカウティがささやいた。

＊

かれは光も重力もない暗闇を漂っていた。ただひとつの思考が意識を動かす。わたしはサーフォ・マラガン。惑星キルクールの狩人であり、従者だ……

そこで思考がとぎれる。のこりの記憶を失っていたのだ。自分がだれの従者だったか、わからない。だが、はたすべき重要な任務をになっていることはおぼえている。

朦朧《もうろう》とした意識のなか、時空の無限の深淵の上をすべるように進んでいく。ときおり意識にのしかかる重圧がすこしやわらぐと、自身にのこる記憶の混沌と対峙《たいじ》した。

キルクールのこと、ブレザーとスカウティのことは、よくおぼえている。クロード・セント・ヴェイン、山の老人、白い船のことも。白い船は、ベッチデ人をクランドホル公国の同志にするため、ある日やってきた。そして、そのうち三名を新入りとして船に乗りこませたのだ。

当時、はじめてスプーディなるものを知った。ちいさな昆虫に似た生物で、頭皮下に埋めこまれると、たちまちもぐりこみ、脳の共生体となるのだ。ベッチデ人は当初こそ、この処置に抵抗したものだが、スプーディによって知性が高まることがすぐに明らかになった。ちなみに、共生の対象はベッチデ人だけではない。クランドホル公国に所属する種族はすべて、スプーディを宿している。

新入りとして、サーフォ・マラガン、ブレザー・ファドン、スカウティは、さまざまな危険を乗りこえ、あらゆる冒険を経験した。神に見捨てられた惑星では《ソル》の残骸を発見した。とはいえ、それはもうなんの意味も持たない。いまや、わたしは従者なのだから……

そこで、思考がふたたび中断する。

サーフォ・マラガンは、うつろにおぼえていた。もうずいぶん前から、頭皮下に宿しているのがスプーディ一体だけではないことを。まず、二重保持者となった。そして、二重保持者だったとき、ある相手と関係を結んだのだ……

その先の思考には、どれほど努力したところで、最後まで到達できない！

ついに、惑星クールスでの出来ごとにたどりつく。ルゴシアードに参加し、スーパーゲームに出場した。当時、すでに四体のスプーディを宿していたのだ。スーパーゲームはどうなった？　わたしは勝ったのか？　勝者となったような気がするが、確信はない。

その後の出来ごとについては、明瞭な記憶がなかった。壮大な場面の映像や、畏敬の念をいだかせるような光景が、心の目の前に一瞬浮かぶ。それらが万華鏡《まんげきょう》のようにまじりあい、たちまち消えた。

自分が従者であるのは知っている。ある任務を課せられていることも。だが、任務の詳細についてはわからない。それは、ときおりぼんやりした影のように意識をおおう、この曖昧《あいまい》さのせいか？　あるいは、おのれがその起源を知りえない、なんらかの悪い影響が働きかけてくるからか？

暗闇を漂いながら、弱い光点を前方に発見した。光が強まっていく。サーフォ・マラガンは、現実の世界にもどる準備をした。

＊

色を失った唇が動き、

「クラン……」と、つぶやく。

スカウティは、目ざめた男の上にかがみこみ、

「クラン？」と、くりかえす。「あなたは惑星クランにいたの？」

「クラン……それから……」

「それから、どこに？」

サーフォ・マラガンは、唇をとがらせた。言葉が舌の先まで出かかるが、声にならない。とほうにくれたようすが蒼白な顔に浮かぶ。

「きみは惑星クールスから消えたんだ」と、ブレザー・ファドン。「どこに行っていたのか？」

「クールス……ルゴシアード……エドヌク……」

「おぼえているのね！」スカウティが興奮に満ちたようにかすれ声でいう。

「……すばらしく……偉大な存在の……従者！」その声が突然、力強くなる。「従者！わたしは従者だ……」

ブレザーとスカウティが動揺をあらわに、たがいを見つめあう。

「賢人の？」スカウティがあとをひきとろうとした。

マラガンはふたたび、とほうにくれたようすで、

「わたしは偉大な存在の従者だ」と、弱々しく返す。

「トランス状態をぬけだせないようね。面倒を見てくれる医療者が必要だわ」スカウテ

ィはそういうと、担架からはなれた。

ブレザーがうなずく。スカウティが医療センターに連絡をとるあいだ、ブレザーは担架のそばに立ったままでいた。やがてインターカムの小型スクリーンに、一プロドハイマー＝フェンケンの顔があらわれる。水色毛皮のリスに似た外見をしていた。よく動くつぶらな目で、いぶかしげにベッチデ人を見つめる。

「患者が助けを必要としているの」スカウティが強調するようにいった。「トランス状態にあるのか、あるいは精神を病んでいるのかもしれないわ」

プロドハイマー＝フェンケンは、半分うなずきながら、半分かぶりを振るようなしぐさで、

「心配だろうが、わたしには助けることはできないのだ」と、親切そうに告げた。「患者は自力で回復するだろう。われわれ、手だしをしてはならないといわれている」

「いったい、だれがそういったの？」スカウティがたずねる。

「患者がステーションに運ばれたさい、同行していたロボットだ」

「そのロボットと話したいわ」

「わたしもだ。信じてもらいたいのだが」水色毛皮があきらめたような笑みを浮かべていう。「メッセージを伝えおわると、ロボットはあとかたもなく消えうせた」

「あとかたもなく？」スカウティが驚いたようにいう。

「そうだ。虚無に消えたかのように」

スカウティは混乱した。

「つまり、あなたは患者がどこからきたのか知らないのね？　どこから連れてこられたのかも？」

「まったくわからない」と、プロドハイマー＝フェンケン。「きみたちの友……ちなみに、なんという名前だろうか？」

「サーフォよ」

「そうか。きみたちの友サーフォにはマイクロゾンデがほどこされ、からだのそれぞれの機能データを記録し、コンピュータで監視している。現在、状態は安定した。まもなく快方に向かうと思われる。心配は無用だ。われわれ、サーフォから目をはなさないから」

「ありがとう」スカウティは応じ、すごすごと担架までもどる。

この瞬間、サーフォ・マラガンが突然、飛びおきた。この状態ではとても出せないだろうと思える力を発揮し、両腕でからだを支える。その目は大きく見ひらかれていた。まるで、みごとな光景を見つめるかのように。

「わたしは従者だ！」と、叫んだ。「われわれは全員……従者になるのだ……われわれ、三人は！」

それから、力つきたようすでふたたび横たわり、意識不明状態のような深い眠りにおちいった。

2

その異生物は、ほの暗い室内にとどまり、奇妙なかたちのからだを壁にななめにもたせかけていた。把握アームの負担を軽減するためだ。異生物の名はヴァルヴル。〝現在マスター〟と呼ばれるマシノーテである。

ヴァルヴルのからだは、ほぼ円形のディスク型だ。色は黒っぽく、その強靭性《きょうじんせい》は定義しがたい。からだの裏側……壁にもたれかかっている側……には半透明な個所があり、体幹をなす筋肉と骨格が見える。同じく裏側から、柔軟な触腕が数本のびていた。そのうち二本がからだを支え、移動するための脚としての役割をはたす。おもて側には粘液で満たされた透明な半球があった。なかには感覚器官が漂い、きわめてよく動く有柄眼も見える。半球の下部には、沈黙していればほとんどわからないほどの切れこみがあり、その奥は透過性とおぼしき膜で閉じられている。これにより、マシノーテは音を発し、言葉を述べることができた。

ヴァルヴルの経歴は数奇なものだ。自身になにが起こったかを理解するため、このほの暗い部屋を訪れ、壁にもたれたままでいる。数日前はまだ、二千都市に住まう無数のマシノーテの一体にすぎなかった。都市は直径四千光年の球状をした宇宙セクター、〝実領域〟のなかにある。ヴァルヴルは何年も前に前身から分裂して以来、クラス四のマシン監視者として、カテゴリー十三のマシンを担当してきた。これまで、おのれの職務が実際なんに役だつのか知らないまま、すごしてきたのだ。自身のマシンと会話したり、必要なスイッチを操作したり、電流というかたちで栄養を補給したり、ときおり休息をとったりしながら。

やがて、事態が動きはじめた。未知艦隊が実領域を襲撃したのだ。見知らぬ小型艇がヴァルヴルの住まう都市タラトに着陸し、異人は都市への侵入に成功。ヴァルヴルはそのさい、助言者五体とともに、この瞬間までまったく存在を知らずにいた〝第一監視者〟より使命をうけた。侵入者がマシノーテの生活にひと騒動起こすのを防ぐというものだ。ヴァルヴルは、あらたな計画を思いついた。過去においては、似たような招かざる訪問者があらわれたさい、つねに追いはらってきたもの。だが、そうするかわりに、異人と接触をはかり、マシノーテがそっとしておいてほしいと望んでいる旨を伝えるのだ。

この計画のせいで、さまざまな騒動が起き、侵入者との接触は失敗に終わった。だが、ヴァルヴルは第一監視者の関心をつねにひき、ついに第一監視者が住まう都市リクヴィングに到達。第一監視者は話しかけてきたものの、ヴァルヴルはその顔を見たこともなければ、そもそも相手が何者あるいは何物であるのかもいまだに知らない。とはいえ、第一監視者との会話はヴァルヴルに多大な影響をもたらした。大量の知識が流れこんできたのだ。

ヴァルヴルは突然、これまで謎だった事象の関連性を理解した。二千都市に無数のマシノーテが暮らす実領域はこれまで浅い眠りの状態にあったこと、いま目ざめるべきときが訪れたことを、認識する。自分では気づかなかったが、この目ざめのプロセスを導いたのがおのれ自身だといわれ、ヴァルヴルは驚愕した。そして、それまでのクラス四のマシン監視者としての任務を解かれ、第一監視者から〝現在マスター〟に任命されたときには、勝利感をおぼえたもの。現在マスターとは、マシノーテの目ざめのプロセスを監督する役目である。

とはいえ、いまだに答えのわからない疑問だらけだ。新しい状況について深く考えれば考えるほど、多くの疑問が生じる。第一監視者は情報を出しおしみしているのではないか。そんな気がする。ヴァルヴルが任務遂行にあたってどれほどの情報を必要とするか、第一監視者は正確に把握しているはず。なのに、最低限の情報しか、あたえないつもりなのだろう。

第一監視者が最後に告げた言葉は、ヴァルヴルを困惑させた。

「自信と誇りをもって任務にそなえるのだ。もっとも、任務が安全であるとは思うな。なぜなら、知性体の意識は、古きものにしがみつき、あらたなものに抵抗をおぼえがちだから」

＊

ヴァルヴルは驚いた。近くで空間断層が開いたのだ。周囲を見まわし、ポルポルを見つける。分身はたったいま、実体化したところだった。

「この都市リクヴィングのエネルギー・ルートは複雑きわまりない」と、ポルポル。「あなたを見つけるまで、数回ほどそばを通りすぎた」

「リクヴィングは、第一監視者の故郷なのだ」ヴァルヴルは深刻な思考を押しのけ、そう告げる。「エネルギー・ルートの複雑さは、意図されたもの。第一監視者は守られるべきだから」

「だれから？」ポルポルが混乱したようすでたずねた。

このテーマはヴァルヴルにはなじみのものである。

「たとえば、未知侵入者からだ。いつか、敵が都市リクヴィングへの侵入に成功した場合、第一監視者の身の安全は守られなければならない。一マシノーテが精神錯乱におちいり、第一監視者への攻撃を試みる恐れもある」

ポルポルは、前身の持つ知識に驚いた。ポルポルは、ヴァルヴルの前回の分裂時の産物である。ヴァルヴルはからだを分割させ、ちいさいほうが分身ポルポルとなった。通常、マシノーテのあいだに家族の絆《きずな》はない。マシノーテは一匹狼で、孤独を愛し、ほかの存在と集《つど》うことに不快感をしめす。たとえ同胞であっても。通常、分身と前身は、空間断層から実体化したあとは、分身が必要な知識を入手ししだい、はなればなれになる。

だが、ヴァルヴルとポルポルの場合、状況は違った。ヴァルヴルが歪曲された、あるいは不完全な知識を分身にあたえてしまったからだ。意図的なものではないとはいえ、そのせいでポルポルは自身の持ち場を見つけることができなくなった。ヴァルヴルは、はじめのうちこそ典型的な拒否反応をしめしたものの、そのうち分身のそばにいることに慣れた。ポルポルは、ヴァルヴル自身では手がまわらないような些細《ささい》な職務をかたづけるのに役だつ。

ヴァルヴルは、分裂中の意識に起きた奇妙な障害について第一監視者に報告した。自身の理性が混乱におちいったのではないかと危惧したのだ。この懸念を監視者は、ヴァルヴルが完全には理解できない次の言葉で払拭《ふっしょく》したもの。

「実際は正反対で、きみの意識は、より重要な事項に対処するために、よけいなものを排除したのだ。きみの身に起きた事象は、実際、きみがマシノーテ種族を目ざめに導くマスターであることを証明するもの」さらに、第一監視者は予言者のような声でつけくわえた。「行動を妨げるものから身を守れ。停滞は死をもたらすから」

　これらの思考が、瞬時にヴァルヴルの脳裏をよぎった。やがて、ポルポルに向きなおり、

「なにか、重要な報告があるのか?」と、たずねた。

「あなたの命令は、都市リクヴィングにあるカテゴリー十四以上のすべてのマシンによってひろめられた」と、ポルポル。「その結果、ひどい混乱が生じた。都市の住民は現在マスターの存在を知らないし、だれも、いまだかつて第一監視者について聞いたことがないので。住民は、地区ごとの集会を組織することを拒否した。そのかわりに、オルクリングという名のマシノーテが、クラス一のマシン監視者全員を会議に招集したのだ」

「リクヴィングに、該当者は何体いるのか?」

「あなたからもらった資料をあたったところ、八体以上は見つからなかった」

「八体でさえ、かれらは不快に感じているだろう」ヴァルヴルはおもしろがるようにいう。「それぞれが、自身をリクヴィングで最重要の存在だと思っているからな。ま、会議を開くのはいいことだ。すくなくとも、なにか熟考すべき議題があるということ」

　ヴァルヴルは自身にいいきかせるようにそう告げると、分身に有柄眼を向けた。

「きみは、オルクリングがどこで会議を開催しているのか、知っているだろうな」

「案内できる」ポルポルが応じた。

＊

オルクリングは、でぶだ。ディスク型ボディの平均直径はおよそ一メートルだが、厚みは四十センチメートル。重量がかなりある。そして、これを意識していた。

有柄眼を柄ごとそむけ、オルクリングは話しはじめた。

「どれくらいの不快感をきみたちがこの瞬間、感じているのか、わたしにはわかる」聴衆七体は、話者を見ることなく、同意をしめす。「信じてもらいたい。わたしもきみたちとなにも変わらない。わたしはマシノーテだ。わが任務のために生き、仲間を必要としない」

同意をしめす摩擦音が聞こえた。

「だが、この会議は必要なもの」オルクリングがつづける。「なぜならば、われらの従来の生活様式が未知の敵によって脅かされているからだ。最近知ったのだが、異人が都市のひとつを攻撃しようとしたらしい。おそらく、そのうちの一名は、リクヴィングへの侵入に成功しただろう！　いまは〝現在マスター〟という名を騙《かた》り、われらの生活を乱すような命令を発しているが……」

まだ話すべきことがあった。ところが、そばで物音がして、見知らぬ一マシノーテが隣りに出現したのだ。オルクリングは驚きのあまり、その重量にもかかわらず、脚の長さほど後退する。

「オルクリング、きみはおろか者だ」未知者はきびしく力強い声で告げ、オルクリングの頭上に思考インパルスの雨を降らせた。オルクリングが恐れのあまり身震いしたほど。

「わたしはヴァルヴル、現在マスターだ。この地位は第一監視者からあたえられたもの。きみたちは、わたしがもとめるとおりにするのだ」

オルクリングはこれまでずっと孤独にすごしてきたかもしれないが、ここでなにが起きているのかを理解するには充分に狡猾《こうかつ》だった。けっして、ここでひるんではならない。この大口をたたくマシノーテに負ければ、クラス一のほかの監視者たちは、二度とおのれの話に耳をかたむけなくなるだろう。

「マシノーテは、静寂と平和を好む」と、語気を強めていう。「きみの命令は、マシノーテの生活に不安と興奮をもたらすもの……」

「まさにそれも望むところだ」ヴァルヴルが口をはさむ。

「なんのために……」

ヴァルヴルにも戦略があった。このでぶに、可能なかぎり口を開かせてはならない。

「マシノーテは理性と自覚を持つが、孤独な生活を送りつづければ、両方とも弱体化する。われら種族が、無気力状態から目ざめるときが訪れたのだ」

有柄眼を揺らし、目的を達成した満足感をあらわす。クラス一のマシン監視者七体は、この激しい論争にショックをうけ、空間断層を閉じると、非実体化した。

「そんな話はこれまで聞いたことが……」と、オルクリング。

「これは新しい主張だ」ヴァルヴルがさえぎる。「第一監視者は、これを数千年前から知っていたが、マシノーテたちの耳にとどいたことはいまだかつてなかった。よく聞いてくれ、オルクリング。そして、きみと関わりを持つ者すべてに、くりかえし話して聞かせるのだ。〝行動を妨げるものから身を守れ。停滞は死をもたらすから〟と」

「この主張は……」

オルクリングは途中でいいよどんだ。ヴァルヴルが、部屋全体をつつみこむようなしぐさで、あざけり笑ったのだ。

「だれにいいきかせているつもりだ、オルクリング？　まさか、わたしに？」

オルクリングは驚いて気づく。聴衆七体があとかたもなく消えていた。

「つまり……それは……わたしにはできない……」と、とぎれがちにいう。

「そのとおりだ」ヴァルヴルが近づき、告げた。「きみにはできない。だから、持ち場にもどれ。そして、わが命令にしたがうためにそなえるのだ」

オルクリングは勇気を失った。からだをとりまく空間を震動させ、空間断層を閉じる。エネルギー・ルートをすべるように移動し、自身のマシンが待つ場所へともどった。

3

サーフォ・マラガンは五時間ほど眠り、目をさました。活力がみなぎり、頭がすっきりしている。あたりを見まわし、ここが公国艦隊の一隻の典型的な共同キャビンだとわかった。ベッド二台が規程どおり、床に固定されている。どうやら、三台めは最近になって仮増設されたものらしい。ブレザーとスカウティの姿はどこにも見あたらない。それでも、マラガンにはスカウティのベッドがどれかわかった。周囲に積みあげられたがらくたで、雑然としているから。

自身の横たわる担架を調べてみる。寝ている場所の下に収納スペースがあり、そこに宇宙服を見つけた。これを着用する。衰弱したからだが、悲鳴をあげた。着がえという単純作業でさえ、額に汗が浮かぶ。からだの衰えを感じた。とはいうものの、深刻な問題はなさそうだ。せいぜい、精力がつく食事数回と、三、四日の休養が必要なだけで。

宇宙服のファスナーを閉じおえたとたん、ハッチが開き、目の前に大きなクラン人が出現。黄色がかった砂色のたてがみとからだの大きさから察するところ、年配の男だろう。こちらを見おろす黄色い目が光る。

「きみは頭がおかしくなったようだと聞いたが」クラン人は声をとどろかせた。

サーフォ・マラガンは腕をのばし、ハッチをさししめすと、

「出ていけ！」と、叫んだ。

クラン人の目が、怒りの光をはなつ。

「笑わせるな、小人よ！　いま、だれと話しているか、わかっているのか？」

マラガンは、これまで一度もこの黄色がかった砂色のたてがみのクラン人を見たことがなかった。それでもこの瞬間、本来の任務がほんの一部、みずからヴェールを脱いだのだ。

「あなたがだれだろうと、関係ない」と、不気味なほどおだやかな声で応じた。「あなたは、個室にはいってきた。ドアの外にはインターフォンがある。わたしと話がしたければ、キャビンにずかずか踏みこんでくる前に、まず許可を得るべきでしょう。たとえ、あなたが第二十艦隊の司令官であろうと。その非礼さに見あった言葉が、いまのところ見つからないが」

ベッチデ人の態度には、マソを不安にさせるなにかがあった。第一。こちらの正体を見ぬかれたこと。正気を失ったと聞いていたし、艦隊司令官をこれまで見たことはないはずだが。第二。サーフォ・マラガンが、公爵グーから派遣されてきたこと。直接では

ないにしても、公爵の指示によるものだ。この小人が惑星クランとどのような関係にあるのか、だれにもわからない。第三。このベッチデ人がマソを見つめる目には催眠効果がある。相手にそれをほとんど気づかせることもない。

マソは踵を返すと、キャビンを出た。それからブザーに触れる。すると、ハッチがすぐに開いた。

「これで満足か」司令官は苦々しくたずねた。同時に、自身の無力さに対するはげしい怒りをこめて。

「おしゃべりはいいかげんにして、そこにすわり、わたしが宇宙要塞について知っておくべき情報をいってください！」マラガンが大声で応じる。

マソは息をのんだ。では、この小人は実際すべてを知っているのか？　医療チームの証言が信頼できるならば、サーフォ・マラガンは謎のロボット一体とともに、虚無から《ジェクオテ》内に実体化した。公爵グーの命《めい》をうけ、なんらかの説明不可能な方法で魔法のように出現したのだろう。だったら、第二十艦隊が何週間も歯がたたないでいるダイバン・ホースト宙域の宇宙要塞について、どうやって情報を得たというのだ？

敵の力をあなどる者には、自業自得の運命が待つ。マソはそれを充分に知る戦士である。運命にしたがうまでだ。

「次に打つ手が、これで明白になりました」司令官が話を終えると、サーフォ・マラガンは告げた。「いずれにせよ、この艦は第二十艦隊ネストに向かうのだから、わたしは首席エンジニアのプラクエトと話す機会が充分にある。プラクエトから得る情報により、わが計画もかたまるでしょう」

「ネストに滞在するのは、ほんの数時間だ」と、マソがうなるようにいう。「われわれ、すぐに出発し……」

「わたしがプラクエトとの話を終えてからです」マラガンが口をはさむ。「ほかになにか、司令官?」

マソはハッチを振りむいた。金属ドア二枚が、見えない手によって押されたかのように、両わきに吸いこまれたのだ。高さ三メートル半の開口部に、スカウティとブレザー・ファドンの姿が見える。

「ここで……なにを、してるの……?」スカウティがつかえながらいう。

「ああ、仲よく話していただけさ」と、マラガンが笑みを浮かべた。「司令官は、ちょうど別れを告げようとしていたところだ」

＊

スカウティとブレザーにとり、サーフォ・マラガンの突然の回復は、奇蹟といえた。ふたりの感激はとどまるところを知らなかった。それでも、すぐにその勢いに水がさされる。マラガンは、ふたりの抱擁をうけいれたものの、ほとんど返さなかったのだ。その態度はまるで、こういっているかのようだった。いいかげんに友だちごっこはやめてくれ……われわれには、より重要な任務があるのだから、と。

ブレザー・ファドンは、すぐにマラガンからからだをはなした。だが、スカウティは正面から向きあおうとする。彼女らしいやり方だ。

「もう、以前のあなたじゃないみたい、サーフォ」と、真剣にいう。「どうしたの？　だれかに、なにかされたの？」

「それは、いまはまったく関係ない」マラガンが応じた。その声のようすは、スカウティにそのような質問をする資格はないとでもいわんばかりだ。「われわれ、はなればなれになってから、いくつかの出来ごとがあった。そのあいだ、きみたちがなにをしていたのか知りたい」

スカウティとブレザーは、近況を報告。

「クランには行かなかったのか？」と、マラガン。

「ええ」スカウティが応じた。「《ジェクオテ》に乗りかえさせられたわ……クランから二千光年ほどのところでね。わたしたち、マソが手こずっている宇宙要塞に対する公爵グーの秘密兵器らしいわ。それについて、なにか知ってる？」

「ああ」

マラガンはそれしかいわない。スカウティは、最後のひと押しを試みた。

「あなたが経験したことを話してもらえないかしら?」

「ずっと、意識が朦朧としていたんだ」マラガンは手を振り、ほとんど無愛想に答える。

「なにも話すことはない」

これで決まった。結束していたはずの三人チームは解散となったのだ。すくなくとも当面は。この瞬間から、スカウティとブレザーは命令にしたがい、サーフォ・マラガンが命令をくだす役をになうということ。

翌日、《ジェクオテ》は第二十艦隊ネストに到達した。その着陸機動中、マラガンはすでに首席エンジニアのプラクエトとの面会をとりつけた。それも、自室キャビンから。これには仲間ふたりも驚いたもの。マソの承諾を必要としなかったのだから。

マラガン自身は、仲間に対するすげない態度を気にとめるようすもない。瞬間的な直感にしたがい、行動しているまでだ。その直感は、目の前の任務だけに集中するという意識から生じたもの。マラガンがどのような心境の変化で、ブレザー・ファドンとスカウティに、プラクエトとの話しあいに同行するよう告げたのか、ふたりにはわからなかった。昔の仲間意識のなごりか、あるいはただ、エンジニアから聞いた情報をふたりにくりかえして聞かせる手間をはぶこうとしただけか。

プラクエトのほうは、マラガンの訪問にそなえていた。すでにマソから警告され、いくつかの曖昧な助言をうけたもの。どうやら、司令官はベッチデ人を不気味に思っているらしい。これはたいしたことだ。あの老戦士をこれほどすぐにおびえさせた者は、いまだかつてない。

プラクエトは数日前、一宇宙要塞への遠征隊をひきいた。そして、まず要塞への、それから要塞間を往復する箱形宇宙船の一隻への侵入に成功したのだ。プロドハイマー＝フェンケンのプレレディと、ヴジュガという名のアイ人が同行したこの遠征は、間一髪で悲劇的結末を逃れた。箱形船から乗員たちが脱出した直後、船が爆発したのだ。プラクエトとその同行者二名も、最後の瞬間に逃げおおせた。首席エンジニアは持ち帰った情報をコンピュータに分析させ、抽象概念と図解を使って再構築していた。ベッチデ人がすばやい理解力と推理力を見せると、プラクエトは感銘をうけたもの。

「いまの話から察するところ」エンジニアが話しおえないうちに、マラガンが口をはさんだ。「ディスク型ボディを持つその異生物が、文字どおりの生物であるのか、きみには確信がないわけだ」

「そのとおりだ」と、プラクエト。「かれらは、自然有機生物がふつうは持たない能力を持つ……」

「たとえば、身をかくすことのできる空間震動フィールドの存在だな」

「ヴジュガが提示した仮説のみにもとづく話にすぎないが」プラクエトは警告するよう

なしぐさをした。「ヴジュガによると、ディスク型生物は周囲の空間を、最終的には自身のまわりで閉じるまでゆがめることができる。だから、姿を消せる。アイ人いわく、空間断層のなかにしりぞくわけだ」

「アイ人らしく」と、マラガン。「その理論は筋が通っている。空間断層が閉じたことで、重力的影響が生じ、おそらくヴジュガの高感度な認識器官がそれをとらえたのだろう」

「非実体化した状態では」プラクエトがつづけた。「異生物は、エネルギー・ルートにそって移動できるらしい。要塞ならびに箱形船内にも、こうしたルートが相当数あるようだ。ヴジュガの見解では、ハイパーエネルギーからなるこれらのルートは、要塞ならびに箱形船内のいたるところに存在するマシンによってつくられ、設置されたもの。移動には時間のロスがない。すくなくとも、ここで話題にするようなわずかな距離においては」

サーフォ・マラガンは、まるで表情を読もうとするかのようにプラクエトを見つめた。ようやく、うなずきながら、

「きみがなにをいいたいのかわかった。相手はきわめて高度な技術を持つ存在だ。ところが、招かれざる侵入者に対し、まったく不器用にふるまっている」と、考えるようにつづける。「衰退したのかもしれない。だが、より可能性があるのは、ディスク型生物

がこの高度技術の本当の開発者ではないということ」ふたたび、プラクエトを見つめ、「音声記録はあるか？」と、たずねた。

「あるとも。われわれをどうやら異生物と認識できなかったロボット門番と、一ディスク型生物の音声だ。そのディスク型はわれわれと意思の疎通をはかろうとした。だが、こちらの注意が次の攻撃によってそらされてしまったのだ」

サーフォ・マラガンは立ちあがった。

「記録のコピイをもらいたい。会話が成立しなかったということは、言語解読は不可能だろう。それでも、コンピュータが言語の基本構造を見つけられるかもしれない」

そう告げると、挨拶もせずに出ていこうとする。

「なにをするつもりだ？」プラクエトがたずねた。

「わたしにも、まだよくわからない」マラガンは床に視線を落とし、おさえた声で告げる。「搭載艇に、しかるべき準備をほどこさなければ……」

4

ヴァルヴルは、ポルポルとともに新しい居所にうつった。居所は、第一監視者の住む都市リクヴィングの、往来のはげしいエネルギー・ルートからはなれたところにある。ヴァルヴルには、会話が可能で、助言を期待できそうないくつかのマシンがあたえられた。そのうち、もっとも複雑なのはカテゴリー三、もっとも単純なのはカテゴリー十四のマシンである。この、ケクスプルクという名の単純なマシンとは会話がはずみそうだ。能力範囲がせまいため、その知識をヴァルヴルに対し、かくす必要がないから。ほかのマシンはケクスプルクほど愛想がよくなかった。カテゴリーが高くなればなるほど、予言者のようにふるまうのだ。マシンはすべて第一監視者の直接の支配下にあり、ヴァルヴルがどうしても必要とする知識だけをあたえるよう、制御されているのではないか。しだいにそんな気がしてきた。そのような合意が実際になされているとしたら、理由はただひとつ。些細な事象すべてに対しマシンから助言をもらうのではなく、自身で考えろということだろう。

ヴァルヴルは、この挑戦をうけることにした。日がたつにつれ、マシンに投げかける質問の数が減っていく。

一方、都市リクヴィングでは、ヴァルヴルの命令が実行されはじめた。クラス三以上のすべてのマシン監視者が任務を解かれたのだ。自身のマシン室にのこるか、あるいはほかのマシノーテと居所を交換するかは、それぞれの意志にゆだねられた。つまり、あらゆるマシンカテゴリーにおいて、クラス三と四の監視者が、クラス一と二の監視者と同じ任務をはたすことになる。実領域の保安には、ある程度の重複した監視が必要とされるのだ。とくに重要なマシンの場合、監視者が二体いるほうがいいにきまっている。とはいえ、三体や四体は不要だろう。ヴァルヴルの懸念は、不要な任務をあたえられたマシノーテが、あらたな生活を切りひらくことができるかどうかだ。たがいに対する不快感を排除させたい。他者の近くにいることが耐えられない個体主義者で構成された種族というのは、存在資格がないように思える。ヴァルヴルはこの存在資格を得たいのだ。まずはリクヴィングで、それからほかの都市においても。

ヴァルヴル自身がまず手本となるべく、居所をポルポルとシェアした。分身と同じ電源で空腹を満たし、同じ光源で喉の渇きを癒す。二十日前なら、このように接近することを考えるだけで、吐き気をもよおす原因となっただろう。いまは、近くにいてもなにも感じない。それどころか、ポルポルと会話するほうが、ケクスプルクをのぞくいずれかのマシンと話すよりも快適に感じる。どうやら、ポルポルもまた、前身の近くにいても抵抗を感じないようだ。

ポルポルに関する思考が形成されたとたん、突然、分身が隣りで実体化した。興奮しているようだ。

「わたしにはわからない。いったい、どうとらえていいものか」と、ポルポルが告げる。

「これらの思いあがったマシンと同じくらい意味不明なことをいいだすとは」ヴァルヴルがからかうように応じた。「どうした？　なにがわからないのだ？」

「クラス三ならび四のマシン監視者の会議のことだ」と、ポルポル。「第六地区の会議ホールで開催されている」

「それは朗報ではないか」と、ヴァルヴル。「マシノーテたちがたがいに対する恐れを克服しつつあるということ」

「たしかに、そのように見えた」と、ポルポル。「ことの真相をつきとめ、この会議がだれのアイデアであるか判明するまでは。クラス三ならび四の監視者は恐れと不安に震えながらも、あなたの要請であると信じるからこそ、したがう用意があったのだ。だが、この会議を提案したのは、かれらのだれでもなかった」

ヴァルヴルは考えこみ、突然、叫んだ。

「オルクリングだ！　背後にかくれているのは、オルクリングにちがいない」

＊

それは、ケクスプルクが手助けできる任務だった。

「第六地区に通じるエネルギー・ルートをしめすように」ヴァルヴルがマシンに命じる。ケクスプルクのスクリーンが明るくなり、輝く糸のような複雑なパターンが出現。ヴァルヴルは、それを記憶にのこるパターンと比較する。わずかな差異に気づくまで、しばらくかかった。

「この糸はどこにつづくのか？」そうたずね、把握アームの先端で細く明るい光のシュプールをたどる。

「第六地区の会議ホールです」ケクスプルクが躊躇《ちゅうちょ》せずに応じた。

「それは事実ではない」ヴァルヴルが異議をとなえる。「この糸は、わたしの記憶にあるのとは違う場所で終わっているが」

「わたしは、ただ知っていることしかいえません」ケクスプルクが応じた。

「エネルギー・ルートのコースが変わったという可能性は？」ヴァルヴルがたずねる。

答えなら、すでに知っていた。都市間連絡船一三七内で経験したもの。危機がさしせまった瞬間、エネルギー・ルートすべてが、搭載艇格納庫につづくように変更されたのだ。いまの質問は、ケクスプルクが次の問いにそなえられるよう、たずねたまでだ。

「はい、その可能性はあります」マシンが応じた。

「どのように、その手の変化は起きるのか？」と、ヴァルヴル。

「それについては、まったくわかりません」と、ケクスプルク。

「ほかのマシンの助けを借りても？」

「わたしと同じカテゴリーのマシンにはきっと無理でしょう。わたしは、それにふさわしい能力をそなえていません。ほかのマシンにたずねてみたらどうでしょう？」

ヴァルヴルは、部屋の壁にそってならぶマシンをさげすむように見つめ、

「わたしはその答えを理解できないだろうから」と、つぶやいた。

「どうするつもりだ？」ポルポルが気づかうようにたずねる。

「実際、これがオルクリングのしわざで、わたしを罠におとしいれようとしているなら、わが命令に背こうとしてもむだだとはっきりさせてやる」

「それは危険だ」ポルポルが注意を喚起する。「オルクリングが、あなたを〝永遠の襞《ひだ》〟の向こうに消そうとしていたなら、どうする？」

ヴァルヴルは都市間連絡船一三七の制御マスターだったスクロヴのことを思いだした。第一監視者に用なしといわれたとたん、永遠の襞の向こうに消えたのだ。

「それを考慮にいれなければな」と、応じてみる。

「わたしを同行させてほしい」と、ポルポル。

「そうしたところで、ほとんど意味がないだろう」ヴァルヴルが分身の申し出を断った。「もし、オルクリングが成功したなら？　その場合、わたしもきみも消滅する。いや、どちらか一体はここにのこるべきだ。現在マスターが解決すべき課題なのだから」

そう告げると、有柄眼を閉じ、意識に浮かぶエネルギー・ルートの映像に集中する。変化したルートが終わるポイント近くにつづく経路を探した。これを見つけると、空間断層を閉じ、出発する。

＊

ヴァルヴルは、ひろい通廊で実体化した。だれもいない。誤った方向につづくエネルギー・ルートに導く分岐点が、右側にあることを確認。慎重に動きはじめた。進むのが複雑で、困難だ。マシノーテが移動手段として把握アームを用いることはめったにない。そのかわりにエネルギー・ルートがある。空間断層を閉じ、ルートにそってすべり、目的地で実体化する。これが、実領域の住民の移動方法なのだ。

ヴァルヴルは疑問に思った。つねにそうだったのか。自然は、把握アームのような複雑な構造物を、ただからだを支えるためだけにつくったわけではあるまい。マシノーテ種族が、エネルギー・ルートの利用をあきらめ、そのかわりに自然によってあたえられた〝脚〟を使って移動する姿を想像してみる。

目の前で、声がした。

通廊が左に弧を描き、側廊に消えている。声はその側廊から聞こえた。ヴァルヴルは把握アームの重さをのろいつつ、ゆっくりと進んだ。

「危険がマシノーテの生活を脅かす前に、これと対峙しなければならない」と、声が告げている。「マシノーテ全員にとり、これは不慣れな方法だ。こっそりと集まり、エネルギー・ルートを操作し、一マシノーテを永遠の襞の向こうに消そうというのだから。それでも、実行しなければならない。わが計算が正しければ、現在マスターを名のる敵は、まもなくそこの側廊……きみたちからアームの長さの三、四倍ほどはなれた場所にあらわれるだろう。かれをひきさくのだ！　もうこれ以上、マシノーテの運命を握る英雄だと思いこませてはならない！」

ヴァルヴルは、側廊の入口に足を踏みいれた。目の前には、こちらに背を向け、把握アーム二本で立つオルクリングの姿がある。オルクリングの前には、ヴァルヴルの知らないマシノーテ四体が立っていた。いずれにせよ、二日前にオルクリングが協議していたクラス一のマシン監視者ではない。一行は有柄眼をおろしている。これほど近くに集い、不快に感じているようだ。こちらにすぐには気がつくまい。

「まさにそれが、わが任務なのだ。すくなくともいまは」ヴァルヴルはきびしい声で告げた。「きみたちの運命はわたしが握っている」

オルクリングは笛のようなおびえた音を発しながら跳びあがると、ぐるぐるまわりだした。ほかの聴衆四体にとっては、驚きが大きすぎたらしく、一種の反射的反応をしめした。空間断層を作動させると、消えうせる。

ヴァルヴルは攻撃にうつった。からだをつつむ空間震動フィールドに神経を集中する時間を、相手にあたえない。オルクリングは空間断層を閉じて逃げることができなかった。ヴァルヴルは把握アーム三本でオルクリングのからだを連打。相手が退却しようとしたので、あとを追う。床にオルクリングを投げつけ、その上に馬乗りになった。透明な半球を自身の下に感じると、静止状態をたもつ。オルクリングは、痛みのあまり、泣き声をあげた。

「罰をうけて当然だ」ヴァルヴルが深刻に告げた。「現在マスターの命令に反したのだから。きみはクラス三ならび四の監視者を会議に招集した。わたしが疑問を感じ、会議のようすを見にくると思ったわけだ。それから、会議場に通じるエネルギー・ルートのコースを変えた。罠をしかけたのだな。きみは、自身の手先にわたしを殺させるつもりだった。わたしの興味は、マシノーテ種族があらたな生活で満たされること以外になにもないというのに。きみには罰をあたえるだけでは充分ではない、オルクリング。理性あるあらゆる生物から軽蔑されるがいい」

すると、奇妙なことが起きた。ヴァルヴルのからだが突然、側廊のたいらな床にじかに触れたのだ。オルクリングは消えていた。空間断層が閉じるときに特徴的な衝撃を感じ、ヴァルヴルは自身の内部に耳をかたむける。この衝撃は、永遠に空間断層が閉じるさいに発生するものか、それとも、マシノーテがエネルギー・ルートに足を踏みいれるさいに生じるものか。どちらかわからない。オルクリングはいずれにせよ、消えたのだ。

ヴァルヴルは居所にもどろうとした。エネルギー・ルートを利用すれば瞬間的に目的地に移動できるのだが、あえてそうしない。苦労して、把握アーム二本を交互に動かし、曲がりくねった通廊を進む。居所に到達するのに、数時間を要した。

歩くことは、痛みをもたらす。とはいえ、いやではない。長い道のりは、考えにふける機会を提供してくれる。だれとも出会うことはなかった。だれかに出会うことなどありえない。マシノーテはエネルギー・ルートの利用にあまりにも慣れ、ほかの方法で移動するなど考えつきもしないのだ。ところで、なんの目的でこの通廊はつくられたのか？　ヴァルヴルは考えた。次の一歩がエネルギー・ルートのスイッチを切ることになるのではないか。

ヴァルヴルはオルクリングのやり方に対し、実際にしめしたほどはげしい怒りを感じているわけではない。それどころか、オルクリングはきわめて貢献した。たとえ誤った目的のためだとしても、マシノーテを一堂に会させ、それにより孤立から解放したのだから。それでも、自身では答えられない疑問がのこる。オルクリングが決定的瞬間に消えうせなければ、直接たずねていたのだが。オルクリングは、エネルギー・ルートのコースをどうやって変更したのか？

居所にもどると、ポルポルが不安でたまらないようすで待っていた。ヴァルヴルは経緯を手短かに話してきかせると、ケクスプルクの前に刻まれた溝にからだを押しこみ、「第一監視者と話したい」と、告げた。

すると、スクリーンが揺らめき、奇妙なマシンがあふれた部屋がうつしだされた。第一監視者の、いわゆるシンボルといえるものだ。

「話を聞こう」心地よい声が響く。

ヴァルヴルには、すでに考えを言葉にまとめる時間があった。

「わたしがあなたについて知るかぎり」と、はじめる。「すでになにがあったかご存じのはず。それについて報告する必要はないでしょう」

「そのとおりだ」第一監視者が応じた。

「ですが、質問があります」と、ヴァルヴル。「オルクリングは、エネルギー・ルートのコースを変更することに成功したようです。エネルギー・ルートはマシンによって制御されているはず」これについては確信があるわけではない。ただ、第一監視者を挑発しようとしただけだ。「つまり、ふたつの関連性だけが考えられます。あなたがエネルギー・ルートの変更をわざと許可し、わたしを罠に誘いこもうとしたか、あるいは……

……」

「あるいは？」第一監視者が言葉をさえぎった。

「あるいは、マシノーテが任意に自身の目的のために操作できる、あなたの支配下にないマシンが存在するかです」

するど、ヴァルヴルはいまだかつてない経験をした。スクリーンが暗くなったのだ。どうやら、第一監視者がみずからスイッチを切ったらしい。つまり、ヴァルヴルの質問に答えるのを拒否したということ。

5

身長三メートルものクラン人ふたりにはさまれたサーフォ・マラガンは、まるで、とほうにくれた迷子のように見える。それでも、会話の主導権を握っているのはきわめて明白だ。艦隊司令官マソの、皮肉がこもった質問に対し、

「わが任務は、宇宙要塞の住民を誘導し、ダイバン・ホースト宙域からたちのかせることと」と、応じた。「これは公爵自身が委託したもの。わたしはわたしのやり方で任務を遂行するつもりです」

「つまり、第二十艦隊が全体でもなしえなかったことを、ちっぽけな搭載艇で達成できるとでも？」マソが抗議の声をあげる。

マラガンは相手を見あげ、

「あなた自身もわかったはず」と、冷ややかに告げる。「ときに理性は、腕力よりも多くをなしえるものと。要塞の住民は、わが目的に役だつと思われる特定の資質をそなえています」

「それで、重力プロジェクターが必要なわけか」と、プラクエト。

「きみの偵察記録から」マラガンがプラクエトに向きなおり、つづけた。「異生物の生活において、空間震動をあつかう能力が大きな役割をはたしているとわかった。第二十艦隊が宇宙要塞に何度か接近したさいの計測データを確認したところ、いくつか気づいたことがある。これまでだれも気づかなかったものだ。たとえば、宇宙要塞の重力がつねに揺らいでいること。この揺らぎは、異生物たちが要塞のエネルギー・ルートを移動するさいに生じるものだろう。そこで、似たような揺らぐ重力フィールドにおおわれた状態で、かれらに接近してみようと思う。われわれを、交渉する価値のある相手だと思うかもしれない」

「で、交渉の結果、どうなると？」マソがたずねた。

「あなたは耳が遠いのか、それとも、ものおぼえが悪いのか」と、サーフォ・マラガン。「この宙域からたちのくよう、異生物を説得します。これが、交渉の目的です」

「ターゲットとする要塞はあるのか？」首席エンジニアのプラクエトがたずねた。「あるいは、運を天にまかせて、要塞のひとつに向かうつもりか？」

「その点においても、あなたがたはわかっていないようだな」マラガンは笑みを浮かべ、「もちろん、二千の要塞のうち、もっとも重要なものを選ぶつもりだ。要塞群の中央付近に、さしわたし二百キロメートルにもおよび、ほかのすべてをその規模においてはるかにしのぐ要塞が存在する。この規模と、二千の要塞の中央付近に位置することから、中枢をになうものと推測される。そこをめざそうと思う」

「潜入に成功したなら、裏切り者に気をつけるのだ」プラクエトが警告する。

「コミュニケーションをはかるふりをしながら、実際は、目の前の攻撃から目をそらさせようとする輩《やから》がいるとでも？」

「そうだ」と、プラクエト。

サーフォ・マラガンはかぶりを振り、

「きみは誤った結論を導きだしたと思う」と、告げた。「状況をよく見てほしい。要塞の住民は、異生物との接触に興味を持たないようだ。あらゆる攻撃を上位兵器でかわしている。いずれかの要塞に侵入しようとする者は、つねに攻撃されると覚悟しておかなければならない。このような明白な状況で、陽動作戦がなんの役にたつというのか？惑わされるのは理性を失った者だけだ」

「きみの狙いがなんだか、わたしにはわからない」と、プラクエト。

「わたしには、ディスク型生物がおろかだとは思えないのだ」と、マラガン。「きっと、ある程度はわれわれの立場にたって考えることができるにちがいない。つまり、その種の陽動作戦はまったくむだだと知っているだろう」

「では、異生物がわれわれと意思の疎通をはかろうとした場合、それが本心だと思うのか？」

「わたしはそれを疑わない」マラガンが平然と応じた。

「おしゃべりにも、そろそろ飽きてきた」マソが声に怒りをこめていう。「要塞の住民の知性など、われわれには関係ない。この宇宙セクターにおける公国の拡大を阻《はば》むものを排除することのみが重要だ」

マラガンはひどく奇妙なものを見るようにマソを見つめ、

「おお、偉大なる戦士よ！」と、あざけるようにいった。「それが障害物以外の何物でもなければ、まるで道ばたに転がる石のようにあつかうのでしょうな。マソ司令官、あなたと関わると、実際だれでも公爵の智恵を疑いだしますよ。いったい公爵たちは、どうしてあなたのように鈍感な石頭に、艦隊司令官という責任の重い職務をゆだねることができたのか？」

プラクエトが驚いたことに、マソはこの非難に反論しない。背を向けると、不機嫌そうに床を踏みしめながら出ていった。

＊

サーフォ・マラガンは、キャビンにいくつかのマシンを運びこませた。これを使って、プラクエトが偵察により入手した記録に目を通し、耳をかたむける。さらに、《ジェクオテ》の艦載大型コンピュータに接続。スカウティが食堂からもどってくると、マラガンはプラクエトが撮影した映像を見つめていた。

彼女は慎重に近づいた。一時期、サーフォとブレザーふたりから好意をよせられたことがあった。ふたりとも、スカウティの愛情を得ようとしたのだ。

もっとも、それは過去の出来ごと。サーフォは変わってしまった。昔の友情がなつかしい。ときおり、友の肩をつかみ、もとのサーフォにもどるまで揺さぶりたい衝動に駆られる。

友の背後で立ちどまり、スクリーンに流れる映像を見つめた。そこには、奇妙な生物と異質な技術による構造体がうつっている。

「ここにはいりこめると思っているのね？」と、声をかけた。

マラガンは、考えこむようにうなずいた。

「ああ。かれらのメンタリティは、わたしにはよくわかる。たいして手こずることもないだろう」

スカウティは信じられないといったようすで、スクリーンにあらわれたディスク型生物の映像に見いっていた。まさにこれは、異質さを体現したもの。このような生物のメンタリティを、マラガンは理解できるというのか？

「その知識はどこで得たの？」と、たずねてみる。「だれがすべてのことをあなたに教えたの？」

　マラガンは彼女に向きなおり、

「わからない、スカウティ。頭のなかは、以前はまったく知らなかったことでいっぱいなのだ。それでも、だれがその知識をもたらしたのかわからない。わたし……わたしは」と、弱々しくほほえむ。「質問をすることさえ、恐いんだ。答えを得れば、理性が混乱するかもしれない」

　スカウティは、話題を変えようとした。

「異生物とコンタクトをはかることは、重要なの？　かれらをただ回避したり、従来の方法で追いはらったりするのはだめなの？」

「これは重要なことなのだが」マラガンがしばらく躊躇したのち、答えた。「この異生物たちには、われわれ同様、ここに存在する権利がある。公爵の権力はヴェイクオスト銀河全体にひろまった。われわれ、公国領域内のすべての生物を知り、いかにかれらと意思の疎通をはかるべきか模索しなければならない。この銀河に不明な星間種族があってはならないのだ」

　この言葉は厳《おごそ》かに、ほとんど誓いのように響いた。スカウティは思った。いまの言葉は、マラガン自身が考えだしたものなのか。いや、突然かれが得た驚くべき知識とともに、意識のなかにもたらされたものにちがいない。

だれによって？　それはだれにもわからない。

サーフォ・マラガンが要求する特別な装置を積んだ搭載艇の準備は、この日のうちにはじまった。四十時間後、この搭載艇を収容した《ジェクオテ》はダイバン・ホースト宙域に向かった。

6

この数日間、オルクリングについてはなんの情報もない。ヴァルヴルは思ったもの。永遠の襞が完全に閉じられたのだといいのだが。クラス三ならび四のマシン監視者の会議は、ヴァルヴルの指示により中止された。ところがその結果、きわめて不思議な現象が生じることになる。監視者たちが好奇心旺盛になり、マシンの助けを借りても説明のつかない事態を解明しようと、たがいを訪問しあうようになったのだ。ほかのマシノーテがより多くの情報をつかんでいるかをたしかめるために。ヴァルヴルの計画が、最初の成果を実らせようとしていた。

現在マスター自身も、あらたな情報をいくつか入手した。第一監視者と最後に会話をかわして以来、不安がつきまとう。どうやら第一監視者には、ヴァルヴルとは話したくない事項があるようだ。ヴァルヴルはこれまで、それは第一監視者がおのれにあたえるべきではないと考えている情報だと思っていた。ところが、エネルギー・ルートの操作に関するヴァルヴルの疑問に対する回答を第一監視者が拒否してからというもの、疑念が生じたのだ。

ひょっとして、第一監視者自身が答えを知らない事項があるのではないか？

ヴァルヴァルは以前、創始者たちについてたずねたことがあった。神秘的な過去のヴェールにつつまれた、マシノーテ種族の発展のもととなった存在についてだ。そのとき、第一監視者は通信を切るほど冷たくはあしらわなかったが、返答はなかった。第一監視者は質問をうまくかわしたもの。当時、まだ無知だったヴァルヴァルに対し、まったく不審をいだかせないやり方で。

ヴァルヴァルは、新しい戦略をとることにした。ケクスプルクから、エネルギー・ルートについて知るかぎりの情報をとりだす。このマシンとなら、じゃまされずに話しあうことができるのだ。多くを知りえたわけではなかったが、すくなくとも、より高次カテゴリーのマシンと向きあったさい、正確な質問を投げかけることができるだろう。おのれの無知をさらけだすことなく。

「カテゴリー十五のマシンとつないでくれ」と、ケクスプルクの隣りにある、より高次のマシンに命じる。

「カテゴリー十五のマシンとはつながりません」わずかな沈黙のあと、マシンが応じた。

「きみを通じては無理なのか……それとも、まったくつながらないのか？」ヴァルヴァルがたずねた。

「まったくつながらないのです」

これが嘘だと、ヴァルヴルにはわかった。カテゴリー十五のマシンは、エネルギー・ルートの設置とメンテナンスをになう。これがこのマシンの唯一の機能である。そのため、エネルギー・ルート網は非常にみごとなものであるにもかかわらず、マシンは原始的部類に属するのだ。エネルギー・ルートのコースは変更可能である……ヴァルヴル自身、これを二回ほど経験した。そのさい、だれかが前もってカテゴリー十五のマシンに変更を命じたのはまちがいない。おそらく、一回めは都市間連絡船の制御マスター、スクロヴ。二回めは裏切り者のオルクリングだろう。

どうなっているのか？　マシンはなぜ嘘をついたのか？　居所にあるほかのマシン同様に、このマシンも第一監視者と直接つながっているにちがいない。マシンは最初の質問に対し、つかのまだが躊躇したもの。第一監視者から助言を得なければならなかったからか？　ヴァルヴルは、好奇心に満ちた興奮をおぼえた。自身に対して画策された陰謀に思いをめぐらせる。

部屋の奥にひっこみ、思考がマシンに読みとられないようにした。目を閉じ、エネルギー・ルート網のパターンを思い浮かべる。このパターンをいつでも呼びおこせるのは、マシノーテの精神的特性によるもの。生来の方向認識感覚のおかげで、このパターンのどの場所に自身が立っているのかすぐにわかる。目標地点の設定も可能だ。

ヴァルヴルはすぐ近くにエネルギー・ルートのもつれがあるのに気づいた。例の、複雑きわまりない個所だ。これが第一監視者を守る役目をはたしていると、ポルポルに説明したもの。だがいま、より近くで観察した結果、これまで見逃していたものを発見。もつれのなかに空洞がある。暗い穴だ。そこには、エネルギー・ルートは通っていない。これは奇妙だ。考えれば考えるほど、この暗い穴の内部が第一監視者の部屋であるように思えてくる。

よし、見まわってみよう。第一監視者は情報提供を拒み、嘘の返答をするよう配下のマシンに指示した。それならば、ここでなにが起きているのか、みずからつきとめるしかない。

この決心は、第一監視者に対する忠誠心とは関係ない。この不可解な存在がたとえだれであろうと、ヴァルヴルにとり、いまもなお実領域の幸福をひたすら願う擁護者である。それでも、自身の計画は危険なものに思えた。

それゆえ、出発する前に分身ポルポルに計画を説明する。ポルポルは計画を思いとどまらせようとしたが、すぐにむだだとわかった。

*

〝穴〟をとりかこむたくさんのエネルギー・ルートのうちのひとつを無作為に選び、必要最小限に照らされた細い通廊に実体化する。この通廊はすでに大昔から使われていない気がした。なぜそう思うのかはわからない。おそらく、ヴァルヴルの透明な半球のなかにある嗅覚器官が、空気中の埃っぽく黴《かび》くさいにおいをとらえたせいだろう。

右側にはいくつかの扉がつづく。そのうちのひとつに近づき、開けようと試みた。把握アームの先端を鋼のような硬い針に変え、両扉のあいだの溝に力ずくで押しこみ、ようやく成功する。軋《きし》むような音が聞こえた。まるで、もう充分な力がのこっていないかのように、扉が両わきにひきこまれていく。

がらんとした空間が出現した。人間の目には暗くうつるだろうが、ヴァルヴルは苦労することなく方向の見当をつける。ヴァルヴルの視覚器官は、スペクトルの長波赤外線領域においても感度がいいから。空間の奥になにか熱源があるようだ。床からたちあがる赤みがかった明るい光が見える。

光に近づいていく。好奇心を満たすため行動することに、ヴァルヴルは慣れていない。慣れていれば、きっともっと慎重に行動しただろうが。結果として、突然、足もとの床が消えた。恐怖のあまり、鋭い声をあげる。支えを失ったからだが落下していく。ヴァルヴルは本能に導かれるままに反応した。周囲の空間を震動させ、空間断層を閉じようと試みる。だが、該当する神経を働かせないうちに、落下に制動がかかるのを感じた。見えない力がヴァルヴルをとらえ、床の上に枯葉のようにやさしくおろす。そこは、これまでの生涯で見たこともないほど、奇妙な空間だった。

驚いて立ちあがる。この手の人工重力フィールドが巨大宇宙都市での生活を耐えうるものにしているのだが、ヴァルヴルはそれを知らなかった。それゆえ、だれに感謝していいものやら、まったくわからない。落下したというのに無傷でいられるのは、まるで奇蹟のように思えた。

そこは、ドーム形天井の巨大ホールだった。天井は非常に高く、そこまで達するには把握アーム一ダースぶんの長さが必要だろう。壁にそって、奇妙な巨大マシンが無作為に点在する。ホールの中央にも。マシンが作動しているかどうかはわからない。ホールはまったく照明されていないが、充分に暖かかった。天井を見あげ、自分が落下してきた穴を見つめる。どうやって、そこまでもどればいいのか。もっとも、それはさしあたり関係のない懸念だ。まずは、周囲を見てまわらなければ。

自分が着地した場所をおぼえておく。いつでもそのポイントにもどれると確信してから、移動した。まず、巨大マシンを調べる。そのうち数基は、ヴァルヴルの身長の五倍以上の高さだ。マシノーテの日常生活になじんだマシンのようなコンソールは見あたらない。どうやって操作したものか、わからなかった。

マシンからマシンへとさまよう。ときおり、しずかなささやき声が周囲から聞こえるような気がした。まるで、すぐ近くで複数の生物が思考による声で会話しているかのようだ。ヴァルヴルの意識では、その周波は部分的にしかとらえられない。ときおり立ちどまり、ささやき声に耳をかたむける。それから突然に振りむいて、だれかがこっそりあとをつけていないか確認した。だが、そこにはだれもいない。とうとうヴァルヴルはある結論に達した。ここで精神レベルで会話する者がいるとすれば、異質なマシンだけだろう。テレパシー能力を持つマシンは、おのれにとり、なにもめずらしいものではない。まだクラス四の監視者だったとき、カフザクと思考による会話をたくさんかわしたもの。それでも、自問する。これらのマシンは……その外見と同様に、奇妙にも……こちらの思考が読めるのだろうか。

ようやく、ホールのはしに到達する。そこには奇妙な光景が待ちうけていた。ここでは、はるか昔から混沌が支配してきたにちがいない。壁は崩れおち、その背後にはむきだしの岩が見える。奇妙な輝きをはなつ岩脈が、亀裂のはいったでこぼこの壁の上から下にはしっていた。把握アームの数倍ほどの長さしかないものもあれば、床まで到達し、円形物を形成するものもある。まるで、一度溶けた岩がふたたびかたまったように見えた。このホールから外に通じる通廊のシュプールを発見したが、通廊の壁も崩れおち、その床に土砂《どしゃ》が散らばっていた。

混沌のなかに、一マシンの残骸を発見する。その高さはヴァルヴルの身長の倍もない。外装は完全に溶け、本体は汚く、すすけた黒色に変色していた。疑いの余地はない。ここでかなり昔、大規模な爆発があったのだ。ヴァルヴルは考えこむように、黒くなったマシンの残骸に把握アームで触れる。自分はその生涯をマシン社会ですごしてきた。マシンは自身にとり、生き物のように思える。種類の違う存在だが、完全に命を吹きこまれたものといえよう。そのひとつが、存在することをやめる……あるいは、マシノーテがいうところの、永遠の瞼を閉じる……ことを強いられるのを見るのはつらい。

「きみが、痛みを感じることなく死んだのであればいいのだが」マシンのボディを把握アームでさすりながら、やさしく言葉をかける。

すると、ささやき声がにわかに大きくなった。思考のひとつひとつを理解できるような気がするほど、明確に聞こえる。ところが、突然、そんなことはどうでもよくなった。ホールの奥から、ひときわ大きな声が響いたのだ。

「なんという、思いやり。あなたはわれわれの友にちがいありません」

＊

ヴァルヴルは振りかえり、

「きみたちはだれだ？」と、叫んだ。

「われわれは孤独な者。忘れられし者、裏切られし者です。われらなくしては、この都市はもはや存在しませんでした。それでも、だれもわれわれの存在など気にかけないのです」

「きみたちは、どのカテゴリーに属するのか？」と、ヴァルヴル。

「カテゴリーとは？」

ヴァルヴルは驚きのあまり、言葉が見つからない。属するカテゴリーを知らないマシンが存在するのか？　驚愕の考えが頭をつらぬく。

「きみたちのうち、エネルギー・ルートを生成し、良好な状態にたもつ役目をはたす者は？」

「この部屋にはいません。ですが、あなたのいうとおり、エネルギー・ルートの見張り役は忘れられし者に属します」

「きみたちは第一監視者について聞いたことがあるか？」と、ヴァルヴル。

「いいえ、一度も」

力がぬけていく。ここで、おのれはなにに遭遇したのか？　実領域を守り、擁護している第一監視者を知らないマシンだと？　これはどういうことなのか？　頭が混乱する。考える時間が必要だ。

「驚きのあまり、もうきちんと考えることができない」と、告げる。「このホールをぬけだす方法はあるのか？」

「ここにきたのと同じ道をたどればいいのです。エネルギー・フィールドを転極させせましょう。そうすれば、上に向かって運ばれます。もう、われわれのもとを去るつもりですか？」

「もどってくるから」ヴァルヴルが約束した。「きみたちは、これ以上、忘れられし者でありつづけるべきではない。約束しよう。ここにもどってこよう！」

「あなたを信じます」と、声が告げた。「先ほどおりたった場所までもどってください。あなたが地上にもどれるよう、手助けします。ひとつ、たのみがあるのですが。きっと、あなたはよろこんで叶えてくれるでしょう」

ヴァルヴルは、いわれたとおりにした。天井の穴の下まで進むと、からだがふわりと浮かぶのを感じる。

「わが任務に反しないかぎり、きみたちのどんな望みも叶えよう！」天井に向かって上昇しながら、叫ぶ。

「よかった」と、マシン。「創始者には、われわれと遭遇したことを話さないでください。創始者がわれわれのことを思いださなければ思いださないほど、だれにとっても都合がいいのです」

ヴァルヴルは、奇妙なマシンであふれた暖かいホールをあとにした。放縦な思考が頭を駆けめぐる。創始者だと！　なぜ、創始者に話してはいけないのだ？　そもそも、創始者を見つけだすことができればの話だが。創始者たちは、とうに永遠の襞の向こうに消えた、遠い過去の存在なのだ。マシンのあの最後の言葉は、なにを意味するというのか？

居所にもどると、ポルポルがマシンの一基と対話していた。先ほどの体験を分身にただちに話してきかせたい。ヴァルヴルはそう思い、せっかちな身ぶりで、いっしょにくるようにしめした。マシンの前では話したくなかったから。ところが、ポルポルは前身に向きなおると、深刻そうに告げた。

「いまは時間がない。異船が都市リクヴィングに接近している」

7

「実際、きみは正気を失ったようだな！」と、マソがわめいた。「このちっぽけなクルミの殻に乗って衝撃フィールドに突入したなら、搭載艇の継ぎ目にそってひきさかれるぞ」

「衝撃フィールドなど存在しませんよ」サーフォ・マラガンが無愛想に応じる。

「衝撃フィールドはつねに存在していた！」艦隊司令官が叫んだ。

マラガンは黒っぽい素材でできた制服のヘルメットを閉じた。幅広ベルトを点検する。ベルトの多数あるポケットとケースのなかには、あらゆるマイクロ兵器がそろっていた。その視線が、けっして壊れることのないプラスティック製の水色の宇宙ブーツにとまる。単調な色彩の宇宙服に対し、奇妙に目だつ色だ。

ひろく殺風景《さっぷうけい》な格納庫内を見まわす。すべての搭載艇はべつの場所に避難しており、マラガンがプラクエトに要求した特殊装置を積んだ《ボッデン》だけがまだここにあった。クラン艦の尾部の縮小版に見える。スカウティとブレザーは、すでに乗りこんでいた。《ジェクオテ》は、マラガンがターゲットとして選んだ巨大宇宙要塞の十光分ほどわきを、低速で進んでいる。マラガンは別れを身振りで告げると、せまいエネルギー斜路をのぼった。マソの罵声を背中に浴びながら。ちいさなキャビンに到達すると、ブレザーとスカウティに向かってはげますような視線を送った。スクリーンにうつるマソと部下たちの姿が遠ざかっていく。そのなかには首席エンジニアのプラクエトの姿も見えた。数秒後、スタートを開始。

出発した搭載艇の背後で、あっという間に《ジェクオテ》が遠ざかっていく。マラガンは通信装置が問題なく機能することを確認した。結局、自身のやり方に完全な自信があるわけではないのだ。失敗した場合は、マソの手を借りざるをえないだろう。《ボッデン》は時間軌道を進み、宇宙要塞から二十光秒もはなれていないポイントに出現した。すでに重力プロジェクターは作動ずみだ。これにより、わずかな強さでリズミカルに変動するフィールドが発生する。その放射は要塞の計測装置によって探知されるだろう。放射は宇宙要塞から放出されているのと同じ種類で、マラガンの見解では、要塞の住民が移動あるいはほかの目的で、空間断層を開いたり閉じたりするさいに生じるもの。マラガンの艇が要塞内と同じような環境にあるとわかったならば、こちらの接近が友好目的だと相手は思うだろう。

艇載コンピュータが、巨大宇宙要塞の映像を操縦コンソール上部に位置するスクリーンにうつしだす。サーフォ・マラガンは、この巨大構造体に深く感銘をうけた。長径二百キロメートルの楕円形プラットフォームの表面から、巨大な塔に似た構造物が無数につきでている。すべては不統一だ。左右対称なものはひとつもなく、ふくらんだゴム手袋の指のように高くそびえる塔の縦軸は、けっしてたがいに平行ではない。あらゆる方向につきだしているのだ。全体は、まるで酔っぱらった建築家によって構想されたもののように見える。それでも、一種の不気味な壮大さが感じられ、その印象からは、だれも逃れられない。巨大要塞は漆黒の宇宙のなか、一見、まったく動かないように見える。周囲の恒星に対し、相対的に静止しているから。それでも、要塞はこれらの恒星と同様、ヴェイクオスト銀河の中心を軸としてまわっており、銀河の数兆にのぼる星々とともに継続的拡張プロセスに参加しているのだ。

耐えがたい緊張の瞬間が訪れ、過ぎさった。《ボッデン》は、まず四分の一光速で要塞に突進。そのさい、搭載艇の速度が突然、減少した。サーフォ・マラガンは思わず安堵の息をつく。想定ラインを通過したのだ。これを過ぎれば、バリア・フィールドの展開を懸念する必要はもうない。異生物が搭載艇をうけいれた！　もっとも重要な段階のひとつが成功したのだ。

「いまだ」マラガンがヘルメットの音響センサーに向かって告げた。「これで、もう失敗を懸念する必要はない」

＊

　要塞の状況は、プラクエトが語ったとおりだった。《ボッデン》はふたつの塔のはざまで停止した。塔の、窓のない滑らかな壁が一キロメートル上空までそびえている。塔の外側には、不規則な間隔で強力な太陽灯が設置され、乳白色のかすかな光を投げかける。要塞表面に空気が存在する証拠だ。人工重力は、クラン艦の艦内重力の半分ほど。ベッチデ人三名にとり、歓迎すべき重力だ。故郷惑星キルクールを思いだす。

　宇宙要塞の住民は、どうやらこれ以上、訪問客にかまうつもりはないようだ。プラクエトからすでにもたらされた情報によれば、《ボッデン》の到着のようすは観察されていたにちがいない。異生物は、搭載艇がいつもの方法で接近してくるのを妨げなかった。つまり、訪問者がいま要塞表面にいることを知っているわけだ。姿を見せないのは、かれらのメンタリティによるものにちがいない。

　ベッチデ人たちは、あちらこちらで金属製基部の上に建つドームのそばを通りすぎた。すでにヘルメットを開けていたマラガンは、突然、単純なロボット門番から話しかけられたのに気がついた。プラクエトとその同行者のときとまったく同様だ。マラガンはロボットの言葉を理解できない。それでも、ドームのひとつに出現した開口部に気づいた。その奥には、両側に奇妙なマシンがならぶ、ほどよく照らされた明るい通廊がつづく。

要塞住民のシュプールはいまだに見つからない。

マラガンは仲間に振りむき、告げた。

「最初の遭遇を可能なかぎり平和的に実現させたい。まず、われわれが武器を携行していることを忘れるのだ。非常事態となれば、パラライザーのみを投入しよう！」

マラガンは、ブレザー・ファドンの幅広ベルトにぶらさがったちいさな容器を見つめた。あざけるような微笑がその顔に浮かぶ。宇宙要塞の住民への最初の贈り物として、ひと握りのスプーディを贈呈するべきとマソが主張したのだ。そうしなかったら、クラン艦隊の司令官ではありえないだろう。とはいえ、マラガンはスプーディをそれほど急いで投入する気はない。まず接触をはかるつもりだ。昆虫に似たこの生物の投入は、それが適切なものだとしてだが、あとでいいと考えている。だが、マソのほとんど宗教的ともいえる熱心さに抵抗できるはずはなかった。マラガン自身はスプーディを無理強いされたもの。異生物に対しては、機会があれば、おのれの言葉に忠実に、スプーディで幸福にしてやりたい。

だが、それは当面の最重要課題ではなかった。

ドームのハッチが背後で閉じると、スカウティがなんともいえない笑みを浮かべた。マラガンは、彼女がどう感じているのか、わかるような気がした。外では《ボッデン》が待機するが、ハッチが一行と艇を隔てる。帰路がさえぎられたのだ。一瞬、マラガンはかつての友サーフォにもどった。スカウティの肩に腕をまわし、声をかける。

「心配するな。われわれ、危険な状態にあるわけではない」

＊

それは完全な奇襲攻撃だった。突然、空気が音をたて、ベッチデ人の前後に大量のディスク型ボディの異生物が実体化したのだ。マラガンは一瞬たじろいだ。このわずかな隙をついて、一異生物が把握アームでマラガンの背中に跳びつき、頸筋に迫る。マラガンは触手に喉をおおわれ、力強い筋肉で圧迫されるのを感じた。あたりは完全に奇妙な音であふれた。ディスク型生物がたがいに声をかけあっている。その声は甲高《かんだか》く、鋭く、興奮しているようだ。

マラガンは攻撃者をつかんだ。異生物は力強い手によって持ちあげられると、ぎょっとして金切り声をあげはじめた。マラガンの喉を絞めていた触手がゆるむ。マラガンはディスク型ボディをさらに持ちあげると、近くの壁に向かって投げつけた。

平静さを失うことなく、仲間に向かって叫ぶ。

「相手は、われわれがこれまで戦ってきたなかで、もっとも未熟な戦士だ。手かげんしろ。パラライザーを使うのだ！」

武器が咆哮《ほうこう》をあげた。青白いビームの束が、ほの暗い光に満ちた通廊をはしる。命中するたび、ディスク型生物が消えた。麻痺インパルスの影響に、本能的機敏さで反応したのだ。通廊はみるみるうちに空になった。ひと握りの異生物は、戦いが絶望的だと悟り、鋭い悲鳴をあげながら四散した。触手のかたちをした把握アームでからだを支えているが、この種の動きに慣れていないようだ。まるで、餌《えさ》を食べすぎたカモの群れが逃げまどうように見える。サーフォ・マラガンは思わず、大きな笑い声をあげた。

それから、通廊の壁にそってならぶ奇妙なかたちのマシン二基のあいだで動かなくなった一体に視線をうつす。マラガンの笑い声がたちまちやんだ。自分を絞め殺そうと背中によじのぼった、もっとも出しゃばりな攻撃者を思いだしたのだ。これは、あの個体にちがいない！　壁に激突したことで、意識あるいは命を失ったようだ。マラガンは急いで駆けつけ、

「手伝ってくれ」と、仲間に呼びかけた。

一行は、動かなくなった異生物をマシン二基のあいだからひっぱりだし、床にたいらに横たえた。驚くほど頑丈にできているようだ。マラガンは、異生物のディスク型ボディの中央にある、粘液で満たされた透明な半球を見つめた。液体内では感覚器官が動いている。マラガンは安堵の息をついた。接触の試みを、一異生物を殺すことで開始するわけにはいかない。

マラガンにはわかる。ディスク型生物は、まもなく意識をとりもどすだろう。ブレザ

ー・ファドンに向きなおり、

「またとないチャンスだ、スプーディの擁護者よ」と、好意的にからかうようにいう。

「きみの役目をはたすがいい！」

ブレザーは、意識不明の異生物のそばにひざまずいた。マラガンがベルトからとりだした小型計測装置が、ディスク型ボディの周囲の空間震動フィールドを記録する。フィールドは、この瞬間、わずかな強さだった。マラガンは確信する。異生物が意識をとりもどしたら、すぐにこの状況は変わるだろう。

ブレザーはすでに容器から一スプーディをつまみだしていた。一瞬ためらったのち、昆虫のようなかたちの生物を、ディスク型生物の透明な半球近くの革のような皮膚の上に置く。スプーディはすぐに反応を見せた。まるで、生涯においてこの瞬間だけを待ちわびていたかのように、硬そうなからだの表面を貪欲にむさぼる。その性急さに、マラガンは本能的な抵抗をおぼえた。やがて、スプーディは半球の下に姿を消そうとする。

すると突然、異生物が跳びあがった。筆舌につくしがたい金切り声のような鋭い音を発し、ぎごちなく把握アームを動かし、逃げようとする。だが、手足はもういうことをきかない。マラガンは、異生物を唖然として見つめた。視線を計測装置の表示スクリーンにもどす。針がひどく揺れていた。

異生物はその場にくずおれた。すすり泣きながら、床に横たわる。マラガンは見た。

スプーディが、褐色の皮膚を食いちぎってできた穴から、パニックに駆られたかのようにふたたび這いでてきたのだ。次の瞬間、スプーディは破裂した。ちいさな破片が通廊の床に飛びちる。

マラガンは計測装置を見つめた。表示針はもう動かない。異生物のからだをつつんでいた空間震動フィールドが消滅したのだ。

8

ヴァルヴルは、分身をわきに押しのけた。目の前のマシンは、カテゴリー九に属するもの。

「異船をうつしてくれ」と、要求する。

部屋の奥が暗くなった。すると、無数の星々の光点の中央に、奇妙なかたちをした小型艇の拡大映像があらわれる。

「この一隻だけか?」と、たずねてみた。

「十光分はなれたポイントを、さらに大きな異船が飛行中です」と、マシン。「とはいえ、都市に接近するようすはありません」

ヴァルヴルは、映像をうっとりと見つめた。特殊な、それでいてどこか懐かしい印象をうける。なにかが小型艇から、はなたれているようだ。さらに集中してみる。実際にそうだ！　リズミカルな光が艇をつつんでいる。これはまるで……

「この光はなんだ?」と、たずねてみる。

「艇内で生じた脈動する重力フィールドに対する、あなたの感覚器官の反応です」

「つまり、空間断層を開いたり閉じたりする存在が、この艇内にいるということか?」

ヴァルヴルが感きわまったようすでたずねた。

「そのようです」と、マシンが応じた。

数秒が経過した。艇がかなりの速度で接近してくる。それでも、ようやく制動がかかったようだ。

「あなたの指示が必要です」と、マシン。「通常どおり、異人を追いはらうべきでしょうか?」

ヴァルヴルは驚いてたずねる。

「なんだと? なぜだ? なぜ、わたしにたずねるのだ? すべて自動制御されるものと思っていたのだが」

「実際、最近までそうでした。それでも、わたしはただあなたの決定にしたがうよう指示されています」

ヴァルヴルが長くためらうことはなかった。待ちに待った機会が訪れたのだ! すでに一度、異人との接触をはかろうとしたもの。そのさいは、おろか者スクロヴが計画をだいなしにしたのだ。二度と同じ過ちをくりかえしてはならない!

「ほうっておくのだ!」と、マシンに命じた。「異人と話がしたい」

「それは危険というもの。第一。かれらが友好的であるか、こちらにはわかりません。第二。異人が友好的だとしても、実領域における日常生活に混乱を生じさせ、それによりマシノーテに損害をもたらす恐れがあります」

ヴァルヴルは耳をそばだたせた。マシンの言葉は脅しのように聞こえる。したがわなければならない。そう忠告をうけたかのように感じた。

「危険は耐えうる範囲のもの」と、きびしい口調で告げる。「異人をほうっておかなければ。この都市の表面に着陸させるのだ。わたしみずから、かれらを出迎えよう。小型艇の着陸ポイントを知らせてくれ」

*

オルクリングは思った。ほとんど信じがたいほど、うまくいったもの。ヴァルヴルの予想外の攻撃をかわしただけでなく、マシノーテの一団を自身のまわりに集めることにも成功したのだ。生命の存続に対するかれらの不安は、他者と集うことに対する不快感をしのぐ。ヴァルヴルとの対立により、オルクリングにははっきりわかった。行動に出るべきときが訪れたのだ。

オルクリングはけっして、ヴァルヴルが思っているような、日常の単調な流れにおぼれた、なじみの任務のことしか考えないクラス一のマシン監視者ではない。ヴァルヴル同様、自身の思考をめぐらせ、決断力を培《つちか》う機会がこれまであったのだ。都市リクヴィングについてはだれよりもよく知っている。自身の意志にしたがうよう、特定のマシンを操作する方法も。オルクリングは最近まで、完全に孤独にすごしてきた。そのため、どのような種類であれ、他者と集うことは、ほかのマシノーテ同様に不快だった。それでも、孤独のなかで道を探しもとめ、ある日マシンからその存在を教えられて、第一監視者と会話さえかわしたもの。そして、ヴァルヴルがあつかましくも現在マスターを名のるいま、オルクリングが注目を浴びるべきときが訪れたのだ。

あちらこちらのマシノーテに、現在マスターの命令はマシノーテの生活を不安にし、種族に危険をもたらすものだと信じこませるのは、オルクリングにとり、むずかしくはなかった。おのれが力を持つことをしめせば、マシノーテは他者と集うことに対する不快感をたちまち克服する。ヴァルヴルは、オルクリングは意識的に、ヴァルヴルの居所からはるかにはなれた区域にいた。こちらが永遠の襞の向こうに消えたと思っているだろう。次に登場するさいは、そのぶんインパクトのある演出をほどこさなければ。

オルクリングが種族のあらゆるクラスの協力者四十体と暮らす本拠は、都市表面のすぐ下にある。都市リクヴィングのプラットフォームからそびえたつ無数の塔のひとつの基部に位置し、さまざまな装置をそなえていた。これらの装置のおかげで、オルクリングは異船の接近を知ったのだ。この展開は、オルクリングにとり、かならずしも好都合とはいえない。ヴァルヴルに対する次の攻撃計画に集中したかったので、異人が出現したいま、もちろんかれらはきわめて重要な意味を持つ。

そういえば、ヴァルヴルは最近、実領域にしつこくつきまとう異人と接触をはかろうとしていた。それは、過去に適用されたあらゆる戦術に反するもの。異人にはマシノーテの問題に干渉する機会をけっしてあたえてはならない、という原則にも反する。ヴァルヴルもまた、異船の出現について報告をうけたにちがいない。現在マスターを出しぬこうと思うなら、急がなければ。

協力者を招集し、状況を説明する。だれもが未知の侵入者と争いたくはないようだ。それでも、避けては通れない状況であることも承知していた。

オルクリングは部隊をひきい、戦いに向かった。都市間連絡船一三七の話をくわしく知っていたなら、おそらく考えなおしていただろう。だがオルクリングは、スクロヴの愚行とその恥ずべき転落について、なにも知らなかったのだ。

きたるべくして、そのときは訪れた。異人たちは、マシノーテがもっとも殺伐とした夢のなかでも想像できなかったような恐ろしい効力を持つ装置を携行しており、優勢をたもった。麻痺ビームが命中したマシノーテたちはたちまち非実体化し、その後、何日も後遺症に苦しむことになる。

ところが、オルクリングはその場にとどまった。そのとき、なにか恐ろしいことが起きた。異人が、奇妙な装置を皮膚の下に埋めこもうとしたのだ。オルクリングはこれに対してみずからを守ろうとし、装置を破壊した。ところが、そのために力のすべてを消耗し、からだをつつむ空間震動フィールドを維持する力もつきてしまったのだ。

＊

ヴァルヴルは思った。到着が遅すぎたようだ。空気のなかになにかを感じた。それで、決定的な出来ごとがすでに起きたとわかる……防ぐべきだった出来ごとが。この通廊は、都市リクヴィングの表面に通じる。異人はここを通り、やってきたにちがいない。なぜ、かれらに出くわさないのか？

身じろぎもせず床に横たわる一マシノーテの姿を見つけ、立ちどまった。一瞬で、このマシノーテが死んだわけではないとわかる。死者は永遠の襞の向こうに消え、見えなくなるから。硬直して動けずにいるマシノーテに近づき、把握アームの動きが許すかぎり、その上にかがみこんだ。

「オルクリング！」驚いて、叫ぶ。

オルクリングの有柄眼が、声の主を探して動いた。ヴァルヴルは本能的に感じた。オルクリングにはなにかが欠けている。病気なのだ。なにが欠けているのかわかったとき、ヴァルヴルは驚きのあまり身動きがとれなくなった。オルクリングは、空間震動フィールドを失ったのだ。

「なぜ、このようなことに？」唖然としてたずねる。

オルクリングは会話するのもひと苦労のようだ。身体的に負傷したわけではないが、自身の運命に対する認識のせいで、精神的ダメージをこうむったらしい。伝承をさかのぼるかぎり、いまだかつて、マシノーテにこのようなことが起きた前例はない。

「われわれ……異人を攻撃した」オルクリングがうめいた。

ヴァルヴルは驚いてあとずさりした。通常、マシノーテのあいだで〝われわれ〟という代名詞が使われることはない。オルクリングが自身の言葉に驚いたようすでこちらを見つめ、

「わが部隊とわたしのことだが」と、いいなおした。「それがまちがいだった」

「きみがわたしにたずねていたなら、伝えることができたのだが」と、ヴァルヴル。「スクロヴが異人を攻撃するという愚行にはしったさい、わたしはその場にいあわせた。かれらはマシノーテよりまさっている……」

「いまとなっては、なんの役にもたたない」オルクリングが弱々しい声でさえぎった。

「いまなら、かれらが何者なのかわかる。異人たちを殲滅《せんめつ》するか、追いはらわないかぎり、実領域に静寂が訪れることは二度とないだろう」

「オルクリング、なにをいうのだ！」ヴァルヴルがぞっとしていった。「きみが異人を

攻撃しなければ……」

「わたしの話を聞くのだ、ヴァルヴル！」オルクリングは、やっとのことでからだを起こし、「きみとわたしが手を組むのに、まだ遅すぎることはない。ともに異人に対抗しよう。きみはきみの知識を、わたしはわたしの知識をもって」

きわめて興奮したようすだ。ヴァルヴルは思わず、あとずさりした。

「ああ、きみは自身の言葉を思いだすがいい！」オルクリングが叫んだ。「異人がわたしになにをしでかしたか、見るのだ！　行動を妨げるものから身を守れ。停滞は死をもたらすから！」

「きみは誤解しているようだ、オルクリング」ヴァルヴルは打ちひしがれて相手を見つめ、「それは、きみに関する話ではない。きみは、まったく停滞などしていない。ただ、空間震動フィールドを失っただけだ。きみは、その把握アームでこれまで同様、うまく移動することができる。わたしが意味する停滞とは、つまり……」

「つまり、きみはわたしの話を聞きたくないわけだ」すでにオルクリングはからだを完全に起こして、発話孔から声を出す。「ここでなにが重要なのか、きみはわかっていない。単独で行動してのみ、マシノーテは一種族なのだ。他者と接触をはかれば、強さ、アイデンティティ、理性を失ってしまう！　わたしは弱くなった、ヴァルヴル。とはいえ、唯一の重要なゴールととらえるものを追求できないほどではない。今後、われわれは敵対関係になるだろう。きびしい敵対関係だ……」

そう告げると、オルクリングはよろよろと去った。ヴァルヴルはそのうしろ姿を見つめる。けが人のあとを追うつもりはない。無意味であるとわかっているから。オルクリングのような輩が、あらゆる関連を理解したといったん信じたなら、もっとも筋の通った論理でさえ、影響をあたえることはできないだろう。

オルクリングは、ほの暗い通廊に消えた。

そのとき、ヴァルヴルの背後で話し声が聞こえはじめた。

9

サーフォ・マラガンは不安をおぼえ、異生物に近づいた。見てわかるとおり、今回も命には別条なさそうだ。とはいえ、特徴的な空間震動フィールドが消滅している。この異生物はもう、空間断層をあつかえないのだ。これを閉じることで、時間を失うことなく、見えないエネルギー・ルートにそって移動できるのだが。

器官半球内の有柄眼はわきに向けられている。こちらのことを恐がっているのだ。マラガンは、だれかが肩に軽く触れるのを感じた。スカウティである。

「そっとしておきましょうよ」と、声をひそめていう。「ひどく恐がっているわ。仲間がかれを見つけ、助けてくれるでしょう」

マラガンはうなずくと、その場をはなれた。ブレザー・ファドンが興奮したようすで、「そこにだれかきたぞ！」と、告げる。

ひきずるような音が聞こえた。異生物が把握アームの助けを借りて前進するさい、発する音だ。要塞内から聞こえてくる。マラガンはなにもいわずに、通廊の後方をさししめした。数メートル先に、かくれることのできそうなくぼみがある。マラガンはそこに身をかくし、一異生物が近づいてくるのを見た。プラクエトが経験した遭遇プロセスとの類似性にすぐに気づく。プラクエトの場合、まず一体があらわれ、その後すぐに攻撃者の大群が出現したそうだが、今回は逆の展開なのか。

これは、プラクエトと接触をはかろうとした個体か？　それはありえない！　プラクエトの冒険は箱形船内でのこと。ここは、二千の要塞のうちのひとつである。これが同一個体であるためには、偶然の一致の力が必要だ。

それでもマラガンには、動かなくなった仲間のそばにとどまり、ぎごちなくその上にかがみこむこの存在が、プラクエトが遭遇した異生物と同一個体に思えてならない。

ディスク型生物二体のあいだでは、とりわけ親しげではなさそうな短い会話がかわされた。二体の声は高く、鋭い。マラガンのトランスレーターは、言葉のやりとりを記録した。それまで床に横たわっていた異生物はついに起きあがり、急いだようすでその場をたちさった。もう一体は、あとを追うべきか悩んでいたようだが、結局、追わないことにしたようだ。この数秒間で、マラガンは準備をととのえた。トランスレーターが音声データを得て、異生物の会話に出てきた単語をクラン人の言語におきかえたのだ。論理的に意味がとおるか、あるいは関連性があるものかどうかは問題ではない。ただ、相手の注意をひくことができて、異生物の言葉を学ぼうと努力している者がいることが伝われればいい。

マラガンは通廊の中央に歩みでた。異生物が振りむけば、こちらに気づくにちがいない。それから、トランスレーターのスイッチを再生に切りかえた。

＊

最初の瞬間、マラガンがひどい過ちをおかしたかのように見えた。異生物の輪郭が明滅し、ぼやけはじめたのだ。どうやら驚きのあまり、本能的反射にしたがったようだ。空間断層を閉じ、退却しようとする。だが、一秒もたたないうちに、ディスク型ボディの輪郭が安定しはじめた。異生物はおもむろに、ためらいがちに振りむく。目の前にひろがる光景を恐れるかのように。

この異生物は、だれか違う人物との遭遇を期待していたようだ。マラガンにはそう思えた。実際、この異生物がプラクエトやその仲間に姿を見せた同一個体であるならば、それも驚くべきことではない。クラン人、アイ人、プロドハイマー＝フェンケン、そしてベッチデ人は、ディスク型生物の視覚器官には、たがいになにも関連しない種族のように見えるにちがいない。どの種族も四肢を持ち、左右対称であるにもかかわらず。

マラガンは、トランスレーターのスイッチを切りかえた。ヘルメットをうしろにはねあげ、てのひらを上に向けながら腕をさしだす。宇宙には平和をしめす共通のジェスチャーなどない。はたして相手がこれを理解したものか、マラガンにはわからなかった。

「平和！」大きくはっきりとした声で告げる。

異生物は躊躇するようすを見せた。すると、背中から円形の縁ごしに触手を這わせ、マラガンに向かって一メートルほどのばす。その先端には、マラガンがのばした手に似たものが大ざっぱな輪郭で形成されている。そのさい、異生物が発した鋭い音をトランスレーターが記録した。これで、クランドホル語の概念と異言語の等価物とのあいだの最初の相関関係を構築することが可能となる。

マラガンは手を内側に曲げ、ひとさし指で胸をたたきながら、

「サーフォ」と、告げた。

ディスク型生物は、のみこみが速いことをしめした。ジェスチャーを理解し、金切り声をあげたのだ。〝ヴァヴ〟といったように聞こえた。

マラガンは仲間ふたりに向きなおった。スカウティをさししめし、その名前を告げる。ブレザーの場合も同じ手順をくりかえした。

「ここまでは順調だ」と、おさえた声で告げる。「欠けているのは、会話をさらにつづけることができる安全な場所だな」

そして異生物を見つめ、

「ヴァヴ、そちらに進もう」と、声をかけ、ゆるく上昇カーブを描く通廊をさししめし

た。

ディスク型存在は同意をあらわし、同じく通廊をさししめす。移動は当然、ゆっくりと進んだ。異生物の歩行はかなりぎごちないものだから。サーフォ・マラガンは思った。この瞬間、相手はなにを考えているのだろう。不信感はまったくいだいていないようだ。侵入者が要塞の住民を捕らえ、いわば見本として本拠地に連れさるためにやってきたとは思わないのか？　ヴァヴは他者を信用している……ほかの同胞たちとまったく違う。かれらは異種族との接触に関してはヴァヴ同様に経験がすくないものの、特定の考えにもとづき、未知侵入者にはただ武力だけをもって向きあうべきという結論に達したようだ。

決定的瞬間が近づいてくる。マラガンには明らかだった。《ボッデン》の高機能コンピュータを利用できれば、最短路でディスク型生物とコミュニケーションをはかれるだろう。エアロック扉を開け、要塞の表面をさししめした。ここから半キロメートルはなれたところにクラン艦の搭載艇がとまっている。太陽灯のひとつになために照らされながら。

異生物は一瞬、躊躇した。それでも、把握アーム二本を用い、エアロック扉から外にからだを押しだすと、毅然として《ボッデン》のシルエットに近づいていく。

呪縛は解かれたのだ。

*

トランスレーターの記録を再生したところ、異生物ヴァヴは、正しくはヴァルヴルという名前であると判明した。サーフォ・マラガンが異生物にまず明らかにしようとしたのは、搭載艇でこの宇宙要塞から飛びたつつもりではないということ。トランスレーターが意思疎通をはかるために不可欠なことを、巧みなジェスチャーでしめす。それから、要塞のほの暗い塔がうつるスクリーンを指さし、意思疎通をはかる充分な方法が見つかればすぐに、要塞内にもどるつもりだと告げた。ヴァルヴルは理解したようだ。相いかわらず、偏見を持たない手本のような存在である。

つづく二日間、マラガンは休息をまったくとらずに、根気よく作業した。どんなちいさな進歩も、どんなわずかな成果も、休息なしでさらに研究をつづける活力となる。

ヴァルヴル自体も熱心な協力者であった。たえまない努力のあいだに、いくつかの思いがけない出来ごとが生じる。たとえば、ヴァルヴルが触手の先端を金属製導体のようなものに変え、高電圧装置のコンセントにさしこんだこと。飢えを満たすためだそうだ。これは当然、考慮されるべきことだった。また、ディスク型生物は透明な半球の下にある発話孔をレーザーで照らすことにより、喉の渇きを……あるいは、渇きとおぼしきものを……癒す。ベッチデ人三名にとり、これは日常的なことではない。

ヴァルヴルの語彙は、非常に複雑であるとわかった。そのため、無数の混乱が生じた。トランスレーターがマシノーテの文章を組みたて、そのさい誤った文章が構築されると、ときに楽しい状況が生まれる。目をひいたのは、マシノーテの言語で〝われわれ〟という人称代名詞がほとんど使われないこと。これは、非常に特徴的なその個性に由来するものである。のちにヴァルヴルの情報により判明したが、マシノーテは実際にたがいを避け、生涯をできればマシン一基とともに部屋で孤独にすごすのが最高だと考えているらしい。

二日めののこりは、ヴァルヴルが故郷について、マラガンがクランドホル公国について話すことに費《つい》やされた。マラガンがヴァルヴルから聞いた話の多くは、不可解なものばかり。個々の生物がその生涯をテレパシー能力のあるマシンとのみいっしょにすごす文明というのも、想像しがたい。なぜマシノーテが知性を持つマシンに夢中になるのか、まったくわからない。マラガンはこの二日間というもの、ヴァルヴルの動きについて、とりわけ把握アームの操作能力について学んだ。触手の先端を変形させ、さまざまな機能を持つ道具にすることが可能なのだ。それでも、これらの道具は、とくにみごとな製品とは思えない。マラガンは徐々に確信した。宇宙要塞は……マシノーテは〝都市〟と呼ぶようだが……かれらの産物ではありえないと。〝創始者たち〟と呼ばれる、はるか昔の存在に関するヴァルヴルの曖昧な話が、この推測をさらに発展させた。マシノーテは独立した生物ではなく、過去に失われた文明の産物なのだろう。それでも、この推測をヴァルヴルに聞かせるわけにはいかない。

第一監視者の役割は、マラガンには不明だった。その無謬性《むびゅうせい》については、ヴァルヴルもごく最近、いくらか疑いだしたようだが。第一監視者というのは、特別な知性を持つマシンではないか。マラガンはそんな気がしてならない。とはいえ、最終的な見解にいたる前に、創始者たちの計画がどのようなものであったかを知る必要がある。

それでも、ある点では完全にヴァルヴルに同意できた。これまでマシノーテという生物は、文明の発展に貢献してきていない。恒星間文明の発展と衰退に関する、あらゆる……すでに試行錯誤のすえに発見された……法則によれば、マシノーテはとっくに絶滅したにちがいない。だが、そうした法則は、自然発生した生物に適用すべく考案されたもの。合成生物の文明では、あるいは話が違ってくるのかもしれない。

マシノーテの幸福を願う者にとり、ヴァルヴルが苦心しながらも正しい道を追求しているのは明らかだ。一方、オルクリングという名のマシノーテは誤った道をたどっている。それでも、このように単純に聞こえれば聞こえるほど、サーフォ・マラガンは混乱した。謎めいた第一監視者とやらは、マシノーテの利益擁護を委託されているらしい。それなのになぜ、同胞の一体に正しい道をしめすのをこれほど長く躊躇したのか。ここに矛盾、つまり論理の飛躍がひとつある。その矛盾が、マシノーテ種族に本来の使命を追求させずにいるのだ。これについては確信がある。

マラガンは思った。これは、制御コンピュータから構成データの一部が失われた状況と似ている。

三日めがはじまり、一行は要塞にもどった。ヴァルヴルがリクヴィングと呼ぶ都市である。

10

　ヴァルヴァルにとり、異人と遭遇してはじめの数時間はまるで夢のように過ぎさった。自身になにが起きたのかわからない。異人のジェスチャーを理解し、ヴァルヴァル自身はまったく意志を持たないかのように、されるがままになった。ときおり、おのれの状況を自覚し、危険な状態におかれているのかよく考えてみる。だが、危険性があるとしても、かまわなかった。異生物と接触をはかりたい。この願いは、これまでずっとヴァルヴァルの心にあった。異生物が目の前にいるいま、知識欲をおさえることなどできない。魂を燃えつくすかのような勢いで、欲望の火が明るく燃えあがる。

　徐々に夢からさめ、どうやら、異人にこちらをだますつもりはないようだと気づいた。かれらもまた、異種族について学ぶためにやってきたらしい。ヴァルヴァルの種族についても知りたがっていた。ヴァルヴァルが異人について興味があるのと同様に。異人が使用する装置の多くは、ヴァルヴァルには魅惑的に思えた。たとえば、こちらの言葉を記録し、異言語で再生するあのちいさな箱だ。すでにわかっていたが、ベッチデ人と名のるこの侵入者たちは……不可解なことに、クラン人という、より大きな種族に属しているらしい……思考言語を持たない。意思疎通をはかりたければ、発せられた言葉にたよらざるをえないのだ。それゆえ、重要と思えるあらゆる言葉を例の小箱に伝える作業に、さらに熱心に専念した。そのさい、言葉の使い方をはっきりさせるため、ごく単純な文章を用いるよう心がける。

徐々に会話が成立しはじめた。すると、奇妙なことが起きる。ヴァルヴルはたしかに異人の世界に興味を持っていて、サーフォという名の異人がもたらす情報や、ときおり仲間のスカウティとブレザーが補う話に、胸を弾《はず》ませながら耳をかたむけたもの。ところが、自分にとってずっと重要なのは、実領域世界における状況と、最近起きた変化について説明するほうだったのだ。どのような状況の展開が見こまれるか、異人の助言を得たいと思った。その結果、ベッチデ人とクラン人の世界について話された十倍の時間が、リクヴィングと実領域についての話に費やされた。

ヴァルヴルは当初から、サーフォとその仲間が自分とともに、都市リクヴィングにもどるつもりなのだと理解していた。これには感謝の念をおぼえた。かれらの助けがあれば、第一監視者の秘密を解明できるかもしれない。忘れられし者たち……なかば崩壊したホールにいて、どのカテゴリーに属するかも、第一監視者についても知らないマシン……が、どのような役割をはたしているのかも、わかるかもしれない。たてつづけに起きた出来ごとのせいで、この件をほとんど忘れかけていた。だが、いまふたたび思いだしたのだ。自身の経験について、あらゆる詳細にいたるまでマラガンに告げる。

しばらくして……異人は二日といっていた。ヴァルヴルにとっては一日も経過していないが……小型艇をふたたび出て、都市にもどった。ヴァルヴルはほっとした。いまごろ、ポルポルがこちらの身を案じているだろう。

＊

都市の表面で、マラガンがヴァルヴルを振りかえった。ここは異生物でも呼吸ができるよう、充分に濃い空気層におおわれている。

「知ってのとおり、われわれ、きみたちのエネルギー・ルートを使うことができない」マラガンが小型装置に向かって話しかけると、そこから言葉が聞こえてくる。「きみの居所に向かうのに、都市を歩いて横断するのは賢明ではないだろう。居所にできるだけ近いエアロック室にわれわれを案内してもらえないか」

すると、ヴァルヴルが突然、ばつの悪そうなようすを見せた。実際、都市リクヴィングがどのような構造をしているのか、まったくわからなかったのだ。知っているのは、エネルギー・ルートのコースだけ。これらが都市の実際の地形とどれだけ一致するものなのかはわからない。おまけに、リクヴィングの表面にはこれまで出たことがなかった。

どうやって、自身の居所がどこにあるか判断できるというのか？

ヴァルヴルは、おのれの無知を異人に対してあえて認めたくはなかった。あたりを見まわし、頭に浮かぶエネルギー・ルート網の映像に集中しようとする。ルート網が実際、都市の構造を反映しているならば、どちらの方向に向かうべきか、およそ見当がつくはず。

「そっちだ」そう告げると、ベッチデ人にならって把握アームをのばし、方向をしめす。

移動には時間がかかった。これがヴァルヴルにはひと苦労だった。ときおり、もうあきらめて、じつはおのれの住む都市をよく知らないのだと、異人に告白したくなる。それでも、ようやく一ドームに到達。ロボット門番が話しかけてきて、ハッチが開いた。

ヴァルヴルはなかをのぞきこむと、安堵のあまり、かすかな音をもらす。この通廊なら知っている。数歩先に分岐点があり、そこから側廊がのびていた。その側廊で、オルクリングが自分を罠にかけようとしたのだ。

「道なりにまっすぐだ」と、自信に満ちたようすで告げる。

ここで考えこんだ。一時的に異人と別れ、エネルギー・ルートを利用して居所に急いだほうがいいかもしれない。ポルポルに心配をかけすぎていないか、一刻も早く確認したいのだ。ヴァルヴルに配慮してとられた短い休憩のあいだ、目を閉じ、エネルギー・ルートのパターンに集中する。驚いた。エネルギー・ルートの多くがもう存在しないのだ。居所につづくルートも見あたらない。

これをマラガンに伝えた。予期せぬ展開が異人に懸念をもたらしたかどうか、そのようすからはわからない。それでも、ヴァルヴルにはわかる。事態が切迫しはじめたようだ。

＊

オルクリングはかくれ場にもぐりこみ、一日じゅうその場を動かなかった。空間震動フィールドを失ったという認識に対する衝撃は、あまりに強い。これはなにを意味するのか？　もう分裂期にはいることも、分身を生むこともできないのか？　いや、いまさら、分身になど興味はない！　だが、すくなくともまだ……きたるべきときが訪れたら、死ぬことはできるのか？

かくれ場には〝戦友〟たちもいた。未知侵入者の恐るべき武器から身を守るため、ここに避難したのだ。永遠の襞の向こうに消えた者はいない。とはいえ、筋肉を正常に動かすことができず、神経をふたたび制御できるようになるまで数時間かかった者が多数いた。

時間の経過とともに、オルクリングは徐々に絶望を克服した。オルクリングは自身がなにをしたいかを知るマシノーテである。宿敵ヴァルヴルの言葉が脳裏からはなれない。

〝きみは、その把握アームでこれまで同様、うまく移動することができる……〟

終日、じっと横になったまま動かずにいた。やっとの思いでからだを起こし、隣室に向かう。そこには、自由に使えるマシンの数々がならんでいた。マシンの一部は、特定のカテゴリーに属さず、意思疎通が思うようにはかれない。それに対し、ほかのマシンとの接触はかなりうまくいった。

コンソールのいくつかのスイッチを動かし、告げる。

「第一監視者につないでくれ」

「第一監視者があなたの話を聞きたがると思うのですか、オルクリング？」マシンの声には、まぎれもないあざけりがこめられている。「現在マスターの命令に背くあなたの話を？」

「むだな質問をするな！」オルクリングが無愛想に告げた。「いいから、つないでくれ。重要な報告があるのだ」

「いいでしょう」マシンがなだめるようにいう。「試みても害にはなりません」

どのような情報が、見えないチャンネルを通ってやりとりされているのか、オルクリングには見当もつかなかった。二分後、ようやくスクリーンが明るくなり、謎めいた装置がひしめく例の奇妙な部屋がうつしだされた。もうこの映像を見れば、これが第一監視者の部屋だとわかる。

「きみは、ほとんど役たたずだが」第一監視者の声が告げた。「重要な情報があると聞いたから、耳をかたむけることにした。で、話とは？」


オルクリングは、そのとどろくような声に恐怖をおぼえ、

「都市リクヴィングに異人が侵入したのです」と、小声でおののきながら告げた。

「知っている。現在マスターが、かれらのじゃまをしてはならないと主張している」

「ヴァルヴルはまちがっている！」オルクリングが叫ぶようにいう。「わたしには確証があります！」

「どのような？」

「ヴァルヴルから、あなたの智恵に由来するものと推測できる言葉を聞きました。行動を妨げるものから身を守れ、停滞は死をもたらすから、と」

「それは、わが言葉だ」第一監視者が躊躇することなく、認めた。「それがきみとどのような関係があるのだ？　行動を妨げるものに遭遇したとでもいうのか？」

「はい」と、オルクリング。

「報告せよ！」

＊

一行はだれにも遭遇することなく、ヴァルヴルの居所に到着した。これだけでも異人

たちにとっては驚くべき状況だ。部屋では、ポルポルが帰りを待ちわびていた。実際、ずいぶん心配したとみえ、ヴァルヴルに非難の声を浴びせようとする。だが、すかさず前身が、ドアを通って背後につづいてきた異人三名をさししめした。ポルポルは長いあいだ、異人の姿を凝視したままでいた。言葉を失ったまま、異人との遭遇や、かれらの所有するすばらしい装置について語るヴァルヴルに耳をかたむける。装置のひとつは、マシノーテの言語を使いこなすそうだ。ポルポルは徐々に硬直を解かれていく。ヴァルヴルがサーフォと呼ぶ異人が、謎めいた言語装置を披露したとき、これがすべてただの夢であるはずがないと思いはじめた。それでも、混乱をまだ克服できない。ヴァルヴルは、分身がこの信じがたいあらたな状況に慣れるまで待つわけにはいかなかった。異人と話しあった結果、重要で急を要する事態が生じたから。ポルポルは、前身がなにをするべきかを把握していて、異人がこちらに危害をおよぼすことはけっしてないと、信用するしかなかった。

ここでポルポルは思いだした。ヴァルヴルに重要な報告があったのだ。

「あなたがここをはなれて以来、エネルギー・ルートの数がかなり減っている」そう告げると、小型装置がそれを異人の言語でくりかえす。これにはポルポルは非常に驚いた。

「知っている」と、ヴァルヴル。「だれかがエネルギー・ルート網を破壊したのだ。賭けてもいい。オルクリングのしわざにちがいない。それについて、第一監視者と話をしたい」そう告げると、マシンのひとつに近づいた。

「それが正しい選択だと、確信しているのか？」マラガンがたずねた。「思うに、きみがわれわれを自室に連れてきたと知ったら、第一監視者はどのような反応を見せるだろうか？」

「それは、もう知っていると思う」ヴァルヴルがあっさりいった。「第一監視者にかくしごとをするのはむずかしい」そう告げると、マシンを作動させ、用件を伝える。有柄眼のはしで、マラガンがうしろにさがったのをとらえた。

奇妙な装置がならぶ部屋の映像があらわれる。ところが、ヴァルヴルの発話孔からひと言も発しないうちに、受信装置から大音声《だいおんじょう》が響いた。

「ヴァルヴル、きみは裏切り者だ！　行動を妨げる者といっしょにいるではないか。その男は、創始者がみずからの命令に背いた者に対して宣告した刑罰の執行者である。きみは、実領域全体にとり危険な存在だ、ヴァルヴル。わたしは擁護者としてのつとめをはたさなければならない……」

「ここから、たちさろう！」マラガンのスピーカーから声がした。

ヴァルヴルはからだの両側をつかまれ、出口の方向に押されていくのを感じた。背中に、第一監視者の脅すような声が響く。ヴァルヴルは抗議しようとしたが、マラガンは聞く耳を持たない。開いたドアから通廊に、大あわてでヴァルヴルをひきずりだした。

現在マスターは、自身になにが起きたのかわからずにいた……

11

本能的に、サーフォ・マラガンは迫りくる危険に気づいた。実際、これらのマシンが第一監視者の支配下にあるならば、裏切り者ヴァルヴルを居所もろとも排除するのはかんたんだろう。

ブレザーとスカウティに指示を出す必要はなかった。もっとも、マシノーテ二体は、こちらがどこに向かおうとしているかは知らないが。マラガンは仲間に合図を送ると、ヴァルヴルをつかみ、ひきずっていく。スカウティとブレザーがポルポルをひきうけた。一行は通廊に急いで出ると、左に向かった。この方向に急傾斜がつづいていたから。

「可能なかぎり、ここからはなれるのだ！」マラガンはあえぐようにいう。

傾斜する通廊をくだった。マラガンが最初に警告の叫び声をあげてから二十分は経過したと思われたとき、足もとの床が震えはじめた。通廊の壁から、鈍い轟音《ごうおん》がする。背後からは、鋭くはげしい爆発音が聞こえた。熱い衝撃波が一行の頭上を通りすぎ、通廊をグレイの煙で満たす。マラガンはマシノーテを床に伏せさせ、その上におおいかぶさった。壁が軋むような音をたて、粉塵《ふんじん》と細かい土砂が天井から降ってくる。はるか後方では、雷のような轟音とともに通廊の一区間が崩壊した。

あたりを見まわそうとマラガンが顔をあげると、煙と粉塵が目に押しよせてきた。スカウティとブレザーはポルポルをかばい、数メートル先の床に伏せている。けがはないようだ。ヴァルヴルがからだを動かし、

「なにが起きたのだ？」と、発話孔から呆然とした声を出す。

「きみのかつての友、第一監視者は、きみに対する信頼を失ったようだ」マラガンが説明する。「きみを裏切り者呼ばわりし、危険な存在ととらえている。どうやら、危険因子をただちに排除しようとしたらしい」

「爆発か……？」ヴァルヴルが信じられずにたずねた。

「そうだ。きみが操作していたマシンを吹き飛ばしたようだ。きみに新しい居所が見つかるといいのだが」

「第一監視者が……」ヴァルヴルがかすれ声でいう。

想定外の出来ごとに、マシノーテ二体はひどく打ちのめされていた。精神のバランスを一時的に崩したようだ。

マラガンは二体を好きなようにさせておくことにした。正常な思考をとりもどすまで、時間がかかるだろう。最悪の事態を生きのびたのだ。直接の危険はもうない。ブレザー

とスカウティは床にくつろいだようすで腰をおろし、通廊の壁にもたれかかっていた。

「ふたりとも、スクリーンにうつしだされた映像を見たと思うが」と、マラガン。

スカウティはうなずき、

「コンピュータ・センターのように見えたわ」と、応じた。「マシノーテのコンピュータ・センターが、わたしたちのそれと同じように見えるのならばね」

マラガンはにやりとし、

「実領域の擁護者は……巨大コンピュータということか？」

＊

ようやく、ヴァルヴルがからだを起こした。

「これからどうすれば？」と、たずねてくる。その声には絶望の色があらわれていた。

「そろそろ、第一監視者と真剣に話をすべきときだろう」と、マラガンが応じた。「わたしには、第一監視者が完全には正気ではないように思える。忘れられし者と名のったマシンのところにつづく道を教えてくれ」

ヴァルヴルは、エネルギー・ルートの様変わりしたパターンに集中した。天井に穴のあいたあのホールまでつづく細い糸は、まだ存在するようだ。ヴァルヴル自身はいつでも出発できるのだが、異人たちを案内しなければならない。脳裏に浮かぶエネルギー・

ルート網と、この地区の通廊配置についての情報を比較し、ようやくコースを見つけた。これが目的地につづくものだと、ある程度の自信がある。

ホールにつづく穴は、マラガンの目には暗い空洞に見えた。投光器で照らし、必要な明るさにすると、深みにつづいているこの反重力シャフトを調べる。

「もう一度、これに身をゆだねて先に行き、忘れられし者たちにわれわれの到着を知らせてもらえるか？」マラガンがヴァルヴルにたずねた。

マシノーテは快諾した。マラガンはヴァルヴルの背後を照らしながら、最初は石のように落下していくマシノーテの姿を見つめた。それでも、かつての人工重力フィールドのなごりが働き、落下に制動がかかる。ポルポルは、なにもいわずに前身のあとにつづいた。数分後、ヴァルヴルの鋭い声が下から響く。

「きても大丈夫だ」

マラガンは、まだ存在する反重力フィールドのなごりにたよることはせず、自身の重力プロジェクターを作動させながら下に向かう。ブレザーとスカウティもそのあとにつづいた。一行は暗いホールに到達。マラガンが投光器を一周させると、かなりの大きさの空間だとわかる。奇妙な巨大マシンがいたるところにそびえ、マシノーテ二体は、一巨大装置の基礎部の前に立っていた。

「これが、わたしに話しかけてきたマシンだ」と、ヴァルヴル。

「わたしとも話ができるだろうか？」マラガンがたずねた。

「わたしは、友好目的で近づいてくる者とはだれとでも話します」マシノーテのかわりにマシンが答えた。

「はるか昔、ここで爆発があったと聞いた」マラガンが巨大マシンに向かって話しかける。「このホールから、さらに深い地底都市につづく通廊があったはず。その通廊の終点にはなにがあったのか、教えてもらいたい」

「そこにあったのは……あったのは……わたしには、もうわかりません」

「きみは創始者について、なにを知っているのか？」

「創始者は実領域の支配者です。すべてを支配しています。忘れられし者をのぞいて」

「なぜきみたちは、その支配下にないのか？」

「わたしにはわかりません」

「なぜきみは、このマシノーテに、きみたちと遭遇したことを創始者に対して黙っているよう、たのんだのだ？」

「創始者が、忘れられし者の存在を思いだすからです。忘れられし者についての言及は、創始者を不安にさせ、実領域に被害をもたらす行動を招くかもしれません」

マラガンは仲間を振りむき、

「ある種の保安スイッチだろう」と、ささやいた。次の言葉はふたたびマシンに向けたもの。「われわれの友、ヴァルヴルとポルポルを、きみたちのところにしばらくあずけていこうと思うが、ここは安全だろうか?」

「安全です」マシンが保証した。

マラガンは、質問をうける前にヴァルヴルに告げた。

「ここから動かないでもらいたい。第一監視者はきみを追っているが、この場所のことは知らない。そもそも都市リクヴィングにおいて、第一監視者の手がとどかない場所があるとしたら、ここだけだ」

「あなたはなにをするつもりだ?」マシノーテが興奮をあらわにたずねた。

「すぐにもどってくるから」マラガンは答えをはぐらかした。「われわれのことは心配するな」

そう告げると、仲間に合図を送る。三人はともに、ホールの奥に消えた。

*

マラガンは、崩壊した通廊をさししめし、

「ここがわれわれの選ぶべき道だ」と、告げた。「賭けてもいい。いわゆる第一監視者とは、かつて全宇宙要塞における命令権を持っていた巨大コンピュータのことだろう。時間の経過とともに、しだいに壊れてきたようだ。忘れられし者と名のるマシン群は、かつてこの中央コンピュータと緊密な関係にあったにちがいない。そのうちいくつかはデータ記憶装置かもしれない。いずれにせよ、第一監視者は重要な情報を失った。その結果、実領域の発展において、深刻な障害が発生したようだ。それについて、これから徹底的に究明したいと思う」

スカウティは、崩壊した通廊に積みかさなった瓦礫《がれき》をさししめし、

「これがゴールにいたる道だと思っているの？」

「中央コンピュータは、この通廊の向こう側のはしに存在するにちがいない。爆発が何十万年前に起きたのかは天のみぞ知るだが、そのせいで、第一監視者と忘れられし者たちが切りはなされたのだ」

「われわれが執拗に迫れば、コンピュータは抵抗するだろう」ブレザー・ファドンが指摘した。

「どのような手段を第一監視者が持つかによるな」と、マラガン。「だが、きみのいうとおりだ。状況しだいでは、この先には非常にやっかいな事態が待ちうけるだろう」

一行は、手で瓦礫をわきによせはじめた。これにより、まずはある程度前進する。ところが、やがて瓦礫が爆発の熱によりたがいに融合した場所に到達。頑丈な壁が出現し、素手ではどうにもならない。

マラガンはブラスターをベルトからぬき、うなる青白いエネルギー・ビームを壁に発

射した。瓦礫と金属部分が白熱する液体と化し、床にしたたりおちる。ベッチデ人は、熱地獄を避けるため、数歩うしろにさがった。とうとう開口部が出現。開口部の縁が冷めるまで待てば、大人ひとりが通れる大きさだ。

マラガンは、この待ち時間をさらなる説明にあてた。

「自立した知性を持つマシンとしての第一監視者は、うらやむべき状況にはなさそうだ。さっき話した巨大マシンは、まったく正しくいいあてたもの。創始者が忘れられし者の存在を思いだす、と。ヴァルヴルから聞いたところでは、宇宙要塞内の特定マシンは、要望に応じてエネルギー・ルート網の映像をうつしだすことが可能らしい。これは、中央コンピュータがまだコンタクトできる通常のマシンだ。つまり、中央コンピュータは、エネルギー・ルートの存在を知るものの、それを設置するカテゴリー十五のマシンにはもう接触できないということ」

「意識が分裂しそうだな」ブレザー・ファドンが笑っていう。

「まさにそのとおりだ」と、マラガン。「第一監視者は精神が崩壊しているにちがいない」

すでに開口部の縁が冷めたようだ。一行は開口部を通りぬけた。マラガンが先頭に立つ。驚いたことに、その向こう側には、瓦礫がまったくない通廊がつづいていた。マラガンが周囲をぐるりと照らす。天井と壁をはしるわずかな裂け目だけが、ここで猛威をふるった爆発の威力を物語っていた。すでにブレザーとスカウティも投光器のスイッチをいれている。三つのきらめく光の扇で前方を照らしながら、ベッチデ人たちは通廊を進んだ。この先で第一監視者が見つかると期待しつつ。

深くて鈍い、うなるような音が大気を伝わってくる。周囲はわずかに震動しているようだ。通廊がひろくなり、正方形の部屋につづいている。その壁は、まぎれもなくコンピュータ・システムに属する特徴をしめす技術装置でおおわれていた。その反対側には、ひろい通路がある。マラガンは右に向かい、いくつかの装置を好奇心旺盛に調べた。その機能は解明できないものの、自動運転装置だとわかる。スイッチ、レバー、ボタンなど、手あるいは触手で操作できるたぐいのものは、外側になにもないから。表示装置もあるが、解読できない。

「気をつけて、サーフォ!」この瞬間、スカウティが叫んだ。

武器をまだ手にしていたマラガンが振りかえる。投光器の光が、ディスク型構造体をとらえた。こちらに向かって空中を突進してくる。

＊

エネルギー・ビームが、攻撃者に向かってうなりをあげる。ディスク型構造体は瞬時に停止し、轟音をあげながら床に落ちた。把握アームがザイルのようにぶらさがる。水平に長くたなびく薄い煙が、構造体の縁からあがった。

影がひとつ、マラガンのわきをかすめた。すかさず、ふたたび発砲する。なにかが飛散し、燃える火の粉と化した。マラガンの目がくらむ。どこからか、パラライザーのはげしい発射音が聞こえた。なんてことだ、ふたりはまだわからないのか……

「ブラスターを使うのだ！」マラガンは叫んだ。

三体めのディスク型ロボットがこちらに向かってくる。マラガンはわきによけ、倒れながらこれを撃った。

部屋の奥で、ロボット一体が爆発するのが見えた。よくやった、スカウティ。それに対し、ブレザーは、ディスク型三体にかこまれ、ゆっくりと通廊に押しやられている。つまり、混乱してパラライザーで撃ったのは、ブレザーだったのだ！　マラガンは、狙いをさだめた二発で友を援護する。ブレザー自身が、三体めと最後の攻撃者をかたづけた。

「だれか、けがをした者は？」マラガンが叫んだ。

ふたつの否定的な返答があった。三名は驚きのあまり、なかば茫然とし、しんどさにあえぎながら、投光器で周囲を照らす。目の前にひろがる光景は信じがたいものだった。襲いかかった攻撃者はぜんぶで九体。そのうち、六体はこの戦闘を生きのびたようだ。すくなくとも外見はまだとどめている。三体は爆発し、周囲に飛散した断片が、命中したことをしめしている。

ロボットのうち一体は、おもて側を上に向けていた。この体勢で空中を移動していたのだ。ボディはディスク型で、直径一・五メートル。ディスクの中央に、高さ十五センチメートルの透明な半球がアーチを描く。半球内は粘液で満たされ、ちいさな物体が浮遊していた。感覚器官として機能する装置だろう。

マラガンが最初にみずから応戦したロボットは、正方形の部屋の壁にななめにもたれかかっていた。ボディの裏側からは、ザイルに似た把握アームがぶらさがる。マラガンはこれにはすでに気づいていた。

いや、ブレザーを非難などできはしない。このマシンをマシノーテだと思っても、しかたがない。スカウティが近づいてきた。厚い制服を通して、震えているのがわかる。

「これは……これはかれらのロボットなの？」スカウティが慄然として、たずねた。

「創始者のロボットだ」と、マラガン。

「創始者？」

「マシンのことだ。それをもとに、マシノーテがつくられた」

マラガンはそう告げると、背を向けた。その視線は、コンピュータ複合体内部につづく出口を探す。はるか奥に、ほのかな光が見えるような気がした。仲間を気にかけることなく、ひろい通廊に進む。通廊は二十メートルつづき、進むにつれて明るくなった。

慎重に進みながら、壁を調べる。好ましからざる侵入者が近づけないよう、第一監視者が致命的武器をここにかくすのは、どれほどかんたんなことか！

ところが、なにもじゃまされずに、通廊のはしまで到達した。すると、半円形の大きな部屋が出現。向かいにそびえる壁には、巨大スクリーンが見える。天井と壁に開口部は見あたらないが、その奥にマイクとスピーカーがかくされているのかもしれない。部屋の床は、柔軟なカーペットのような敷き物でおおわれていた。天井には不規則なかたちの発光プレートがはめこまれ、暖かい光がひろがる。

まちがいない。ここに、聖なる第一監視者がいるのだ。

「第一監視者！」そう叫ぶと、トランスレーターが同じ音量で言葉をくりかえした。「きみと決着をつけるため、わたしはここにきた。実領域における責任を今後もひとりで負うには、きみのおかした過ちの数は多すぎるし、きみの理性は混乱しすぎている」

「ここからたちされ、未知侵入者よ！」部屋から大声がとどろく。「おまえの死は確実だ。わが戦士がおまえを滅ぼす！」

マラガンはあざけるように笑い、

「もうだれもきみの戦士を恐れない」と、叫ぶ。「外でのびているぞ。もう動けないだろう。われわれの武器に耐えられなかったのだ。この武器がどのように機能するか、きみも見たいか？」

ブラスターの銃身を持ちあげ、天井に向かって発砲する。明るい上ばりの一部が泡と化し、黒ずんだ。スカウティがおさえた悲鳴をあげる。

「いや！」第一監視者が急いで叫ぶ。「もう充分だ。武器の性能をわたしに披露する必要はない」

「きみがわたしに釈明しないならば、披露するつもりだ」マラガンがきびしく告げた。

第一監視者は、自身を納得させるまで時間を要した。数秒が経過し、とうとうマラガンの脅迫に応じる。

「質問するがいい。それに答えよう！」

12

ヴァルヴルは、不快な考えにつきまとわれていた。数日前はまだ、おのれの世界がより高い、輝くゴールに向かって動きだそうとしているように見えたもの。ところがいま、それがどう変わったというのか？　第一監視者がおのれを抹殺しようとし、オルクリングは容赦ない敵と化した。世界が崩壊したのだ。おのれはいかなる過ちもおかしたおぼえがない。それでも、どこかでなにかしでかしたにちがいない。さもなければ、この状況に説明がつかないから。

オルクリングがエネルギー・ルートを操作したのは疑いの余地がない。相手を過小評価していた。あのでぶはカテゴリー十五のマシンを支配下におさめ、自身の目的のために利用したのだ。

忘れられし者たちがいっていた〝創始者〟とは、だれなのか？　第一監視者のことだとしか思えない。たぶん、サーフォなら、忘れられし者たちがなぜ第一監視者をほかの名で呼ぶのか、説明できるだろう。

ヴァルヴァルはマシンに向きなおった。その台座に疲れたからだをあずけていたのだ。

「創始者とは、きみたちの敵なのか?」

「創始者がわれわれの敵であったことは一度もありません」と、マシン。「われわれは、その協力者でした。創始者は任務を遂行するために、われわれを必要としたのです」

ヴァルヴァルの脳裏をある考えがよぎる。

「なぜ、きみたちマシンは、話し、マシノーテの考えを知ることができるのか?」

「あなたは、かつてそれができないマシンを見たことがありますか?」

それは、ヴァルヴァルが一秒前に考えたことであった。

「ある」と、応じる。「ここにわたしといた異人は、多くのすばらしいマシンを所有するが、そのほとんどは話すことができないし、そのマシンのどれも、思考を読む能力を持たない」

この答えを、マシンはまず消化する必要があった。

「思うに」マシンがついに口を開く。「われわれは、あなたがたを助けることになっていたのです。そのためには、まず意思疎通をはからなければなりませんでした」

「助ける? マシノーテには助けが必要だったのか?」ヴァルヴァルが驚いてたずねた。

「あなたがたは、手足をどのように使えばいいのかさえ知らないほど、とても未熟でした。われわれが忘却のかなたに押しやられてすぐのことです。あなたがここを訪ねてくるまで、わたしはあなたがたのだれも見たことがありませんでした。ですが、わたしと接触のあるほかのマシン、すなわち忘れられし者たちが、昔のことについて教えてくれました」

ヴァルヴルは驚愕をおぼえながらも、この言葉に耳をかたむけた。あまりにグロテスクな光景が目の前にあらわれた！

「つまり……マシノーテがまだ存在しない時代が、かつてあったというのか？」

この質問は、マシンをおもしろがらせたようだ。

「もちろんです。ほとんどの時代、あなたがたはまったく存在しませんでした」

＊

陰鬱な絶望に、ヴァルヴルは襲われた。ポルポルは何度も、やさしい言葉をかけ、前身を元気づけようとする。だが、ヴァルヴルは分身の言葉にほとんど耳をかたむけなかった。

マシンはマシノーテより古い存在なのだ。つまり、マシノーテがマシンをつくることはできなかったはず。では、だれが？

この考えの論理的展開は、ある疑問に到達した。ヴァルヴルは、思わず叫び声をあげるほど驚愕する。だれが、マシノーテをつくったのか？

思考はもつれた。理性が助けをもとめるが、明確な答えをもたらしてくれる者はいない。この数日間で、自身と種族の同胞は実領域を支配するために存在するのだと、はじめて確信を得たもの。第一監視者から、擁護者としての任務をうけつぐべきときが訪れたのだ、と。

ところが、いまは？　それが、本当にマシノーテの存在目的なのか？　マシノーテはマシンを支配することになっているのか……あるいは、実際、マシンのただの補助者にすぎないのか？

不安にこれ以上耐えられない。だれかとこの問題について話さなければ。ポルポルと？　いや、問題にならない。分身はあまりに未熟だ。奇妙な考えが頭をよぎる……オルクリングだ！　そうだ、かれこそ、これまでにそのような問題に頭を悩ませたことのある唯一の存在だろう。

オルクリングと話そう。異人三名がもどってきたらすぐにでも、かれを見つけるのだ。ヴァルヴルはふたたび、エネルギー・ルートのパターンを意識のなかに呼びだす。驚いたことに、パターンはふたたび変化していた。それも徹底的に。

明らかに密集したエネルギー・ルートが、ヴァルヴルのすぐ近くにある。ここから都市周辺部につづくのはわずかなルートのみ。オルクリングの目的は明白だ。現在マスターが接触をはかろうとしているクラス三ならび四のマシン監視者の機動性を制限しようというのだろう。

エネルギー・ルートの混沌は、おもにヴァルヴルの現在位置からせいぜい一時間で行ける距離にあるポイントで発生している。第一監視者の滞在場所と思われる黒い穴はそのままだ。輝くエネルギー・ルートがそのまわりをかこむ。徒歩二時間で到達できる範囲内は混沌としているが、その外側にエネルギー・ルートはほとんど見られない。

ヴァルヴルは、エネルギー・ルート網のこの変化の意味について長く考える必要はなかった。エネルギー・ルートを操作したのが実際にオルクリングであるならば、この配置で計画がわかる。

オルクリング自身は、エネルギー・ルートをもう利用することはできない。かれの空間震動フィールドは消滅したのだから。それでも、自身の命令にしたがう多数のマシノーテを周囲に集めている。ヴァルヴルのいどころをつきとめ、その行動を監視するために、偵察員を派遣したのだろう。この地区の通廊には、そうした偵察員がひしめきあっているにちがいない。

そして、オルクリングは糸が交わる場所にいるのだ。すべてのエネルギー・ルートが通る分岐点に。

ヴァルヴルは驚愕した。このような大々的な待ち伏せをどのように逃れるべきか？おのれの命はあやういかもしれない。まちがいなくオルクリングは、ヴァルヴルを永遠の襞の向こうに消すべく、追いつめようとしている。のこされたたのみの綱は、異人たちだけ……

異人だ！　無限とも思える時間が経過し、三名がふたたびホールに姿をあらわした。

ヴァルヴルは急いでからだを起こすと、マラガンに歩みより、

「わたしは危険な状態にある！」と、遠くから金切り声をあげた。「オルクリングがわたしを追っているのだ……」

ベッチデ人は手を振り、ヴァルヴルを黙らせた。

「危険はすぐに過ぎさるだろう」いつになく真剣に告げる。「そうすれば、実領域でなにが起きているか、きみたちもわかる。オルクリングがきみを追っているといったな。かれがどこにいるのか、わかるか？」

「見当はついている」と、ヴァルヴル。「ここから、そう遠くない場所だ」

「われわれをそこに案内してもらいたい」マラガンがたのんだ。「オルクリングが必要なのだ」

13

オルクリングは、未知侵入者が所有する、動きを封じる武器について第一監視者に報告した。それ以来、第一監視者からは接触がない。それでも、第一監視者の最後の言葉から察するところ、ヴァルヴルは責任を問われたにちがいない。オルクリングにとっては、いまこそ、自身の立場を強化すべきときが訪れたのだ。

本拠をうつすのは、ひと苦労だった。すべての道のりを徒歩で移動しなければならなかったから。それでもいま、カテゴリー十五のマシンがならぶホール・ルートに到達した。このマシンの助けがあれば、都市リクヴィングにおける全エネルギー・ルートを操作できるのだ。これをただちに実行にうつし、ヴァルヴルが潜伏すると思われる場所を、エネルギー・ルートでぐるりとかこんだ。

協力者たちも、オルクリングにつづいて新しい居所にうつった。なかには先に移動した者もいる。オルクリングは、かれらにエネルギー・ルートの新しいパターンを記憶させ、それからヴァルヴルの捜索に送りだした。偵察隊からはいった最初の情報は、ヴァルヴルの居所がもう存在しないというもの。どうやら、はげしい爆発が起きたらしい。

当初、このニュースにオルクリングは勝利感をおぼえたもの。第一監視者が裏切り者ヴァルヴルをすでに罰したと思ったから。その場合、自身は第一監視者にとり、ヴァルヴルよりもはるかに忠実な盟友となったわけで、現在マスターあるいは似たような役職に任命されるかもしれない、と、考えていた。ところが、第一監視者と親密な関係を築こうという試みは失敗に終わる。この件には、オルクリングも考えさせられた。

もし、ヴァルヴル……それに、かれのとるにたりない分身ポルポル……が爆発を逃れ、安全な場所に避難していたなら？　あるいは、爆発が起きたさい、まったく現場にいなかったなら？　オルクリングは宿敵の要領のよさを知っている。突然、この件についていままでほど自信がなくなった。ヴァルヴルは、エネルギー・ルートのパターンを知っている。徹底的な変更があれば、すぐに気づくだろう。とりわけ、すべてのエネルギー・ルートが通る分岐点に注目するにちがいない。

オルクリングは突然、おのれの身の安全に不安をいだいた。あらたに偵察員を派遣し、そのさい、かれらにいいふくめる。裏切り者ヴァルヴルが、オルクリングの計画を妨害しようと動きまわっていることを。オルクリングは、未知侵入者との遭遇から学んでいた。たしかに、異人が携行するような効果的武器を短時間のうちに手にいれることは不可能だ。それでも偵察隊は、あらゆる投擲《とうてき》、殴打、刺殺武器で武装している。ヴァルヴルがいまだに異人と行動をともにしていたとしても、数で勝負すれば、すくなくとも勝算はある。

一時間が経過した。偵察隊は行ったりきたりをくりかえす。これまで裏切り者のシュプールは見つかっていない。オルクリングはふたたび期待をふくらませた。ひょっとしたら、ヴァルヴルはすでに永遠の襞を閉じたのかもしれない。第一監視者がいまのところ自分と話したがらないのには、ほかに理由があるのだろう。

マシノーテ一体がホールに実体化する前に、突然、軋むような音がした。金属製の棍棒が床に大きな音をたてて転がる。鋭い悲鳴がオルクリングの聴覚に響いた。

把握アーム数本ぶんはなれたところに、一偵察員が立っている。空間断層を開いたままにするのに苦労しているようだ。からだの輪郭が空中を漂うようにぼやけて見えたが、ふたたび安定した。マシノーテは強い痛みを感じているらしい。

「一行を見つけた」と、声を絞りだす。「ヴァルヴルと異人たちだ。かれらの武器は……いまだに危険だ」

そう告げると、ひっくりかえり、そのまま動かなくなった。

*

ポルポルは、忘れられし者のホールにのこることとなった。説得するのはかんたんにはいかなかったが、ヴァルヴァルが未熟な分身のことを案じ、最終的にベッチデ人がヴァルヴァルに加勢したのだ。こうなると、ポルポルに選択の余地はない。

オルクリングの居所にいたる道は、当初なににもじゃまされることはなかった。やがてサーフォ・マラガンが、遠くのほうで一マシノーテが実体化し、たちまち消えるのを目撃。オルクリングの偵察員にあとをつけられていたのだ。

つづく半時間に、いくつかの衝突が生じた。オルクリングの偵察員たちは武装していた。もっとも危険なのは、かれらの携行する投擲武器だ。だがマラガンは、この決定的瞬間にも、最低限の危険さえ冒すつもりはなかった。仲間には、いつでも撃てるようパラライザーをかまえ、偵察員があらわれたらすぐに発砲しろ、と、指示する。

ようやく、オルクリングはこの方法では埒《らち》があかないと理解したようだ。偵察員はだんだん姿をあらわさなくなり、最後にはまったくいなくなった。ヴァルヴァルによれば、数分後にはオルクリングの居所に到着するという。

「わたしはきみの敵のことを知らない」マラガンがマシノーテに告げた。「それでも、わたしがオルクリングなら、とっくに逃げだしているだろう。かれは、われわれがくることを知っている。それに対し、なんの手も打てないことも」

まもなく、一行はオルクリングの居所に到着した。奇妙なマシンのあいだに、動かなくなったマシノーテたちが横たわっている。パラライザーが命中し、麻痺のさまざまな段階にあるようだ。部分的にすでに回復したマシノーテ数体はからだを起こし、逃げようとした。からだの輪郭が輝きはじめる。空間断層を閉じようとしているのだ。

マラガンは、なにも恐れる必要はないと手短かに告げた。それを信じたせいか、あるいは、ちいさな箱から聞こえてくる、マシノーテ言語を話す声に信じがたいほど驚いたせいか……いずれにせよ、マシノーテは逃亡をあきらめた。

「オルクリングを探している」サーフォ・マラガンが叫んだ。「かれはどこにいる？」

だれも居場所を知らないようだ。一行は居所全体を捜索したが、オルクリングの姿は消えていた。

＊

オルクリングは、勝利のきわみから絶望の底まで落ちた。恐怖の叫びとともに居所に実体化する犠牲者が、どんどん増えていく。新しい現在マスターになろうとしたマシノーテは、自身の計画が失敗に終わったことを知った。第一監視者は、裏切り者ヴァルヴルに対し怒りを感じたかもしれないが、そのかわりにオルクリングに好意を向けたわけではなさそうだ。

のこる手段はひとつだけ。脱出するのだ。異人の手に落ちたくはない。

偵察隊に気づかれることなく、逃げだす。前進するのはひと苦労だった。把握アームを使って移動する練習を充分に積んでおけばよかった。できるだけ速く移動できるよう、力のすべてを注《そそ》ぎこむ。それでも、背筋に戦慄がはしった。異人がおのれより、ずっとうまく歩行できると知っていたから。

急傾斜の通廊の険しいカーブを曲がったところで、硬直した。異人がすぐ目の前に立っている。腕をこちらにのばし、五本指の把握手の内側を上に向けながら。

「恐れるな、オルクリング」からだの前側に携行するちいさな箱から声が響く。「きみにいい知らせがあるのだ」

最後の力を振りしぼり、オルクリングは踵を返した。すると、そこにさらなる異人ふたりがあらわれた。箱を持つ異人のわきには、裏切り者ヴァルヴルの姿もある。オルクリングは理解した。捕まったのだ。

「未知侵入者と裏切り者から」落胆をあらわに応じる。「いい知らせを聞くことなどない」

「われわれ、侵入者ではない」マラガンが弁明した。「ここを訪れたのは、きみたちの文明をまもなく崩壊させるような問題の解決に手を貸すためだ。援助の手をさしのべたら、すぐに退却しよう。そしてきみは、われわれの友ヴァルヴルのことをもう裏切り者よばわりしてはならない。きみにもわかるだろう。ヴァルヴルのすべての行動はマシノーテの幸福を願ったものだ。同胞種族を助けたいなら、きみたちが力をあわせるしかない」

　これは、ヴァルヴルにとっても初耳だった。驚いて、話に聞きいる。それに対し、オルクリングは混乱したようすで、

「あなたの言葉が理解できない、異人よ」と、告げた。「マシノーテ文明が危険な状態にあるというのか？　どこでそれを知ったのだ？」

「第一監視者からだ」と、マラガン。「きみたちをかれのもとに連れていかなければ。そこで種族の歴史を知り、なぜ現在の状況におちいったのか理解するだろう。マシノーテ文明が、その単調さのせいで窒息しかかっているとわかるはず。そして、崩壊を押しとどめ、新しい開花をもたらす道がきみたちにしめされるだろう」

　言葉を失ったまま、マシノーテ二体は異人をじっと見つめた。

「第一監視者のところに？」ヴァルヴルが驚いてたずねた。「かれはもう、わたしのことを怒っていないのか？」

「第一監視者の力はつきた」と、マラガン。「きみを攻撃したのは、危険な誤算によるもの。かれ単独ではもう、実領域の擁護者の役割ははたせない。きみたちがその役目をひきつぐのだ。そして、第一監視者がきみたちの助けとなる」

「あなたは、マシノーテ種族の歴史を知っているのか？」と、オルクリング。「第一監視者があなたにそれを話したのか？」

「ま、そのようなものだ」ベッチデ人がほほえんだ。「だが、まずは第一監視者に教えなければならなかった。過去を思いだしたければ、どうするべきかを」

独特の重く強調するような声で、マラガンはつけくわえる。

「ヴァルヴルが現在マスターだとしたら、わたし、ベッチデ人種族のサーフォ・マラガンは〝過去マスター〟なのだ」

14

一行は信じがたい驚きの前に沈黙した。正方形の部屋に案内されたときのことだ。視線は、継ぎ目なく壁をおおう奇妙な装置の上をすべり、床に散乱するロボットの残骸にうつった。

ポルポルは、忘れられし者のホールで一行にくわわった。ヴァルヴルはとりいそぎ、ごく手短かに耳打ちしたもの。関連性を説明するには充分とはいえないが、分身を畏敬の念で緊張させることはできた。

マラガンは通廊を通り、巨大スクリーンをそなえた半円空間に進んだ。マシノーテたちは、驚きながらあたりを見まわしている。装置があふれんばかりの部屋を目にしたあとだから、第一監視者の聖域として、高度技術の結集した部屋を期待していたのだ。半円形の巨大な部屋の空虚感に、一行はがっかりした……とはいえ、長いことではない。マラガンは前に進み、命じることに慣れた者の声で告げた。

「もうはじめてかまわない、わが友」

「望むとおりに」第一監視者の声がうやうやしく答えた。マシノーテたちは、まるで稲妻が目の前に落ちたかのような気がしたもの。

巨大スクリーンに一惑星の映像がうつしだされた。その表面はグリーン、青、褐色に輝く。あちらこちらに明るく白くのびた雲が浮かび、海が見える。大陸の輪郭も。

「この惑星で」マラガンが力強い声をあげて切りだした。「昔……数十万年をさかのぼるにちがいない……高度文明種族が平和に暮らしていた。いまではもう、その種族がどのような外見をしていたのかはわからない。ただ、惑星とその恒星の位置がわかるだけだ。ほかの銀河に存在するのだが。

この惑星の住民がどのような種族名を名のっていたのかもわからない。だが、きみたちはかれらのことを〝創始者〟と呼んでいる」

マシノーテたちは、驚きをあらわす摩擦音を出した。すでに映像は切りかわっている。シミュレーション映像だが、ヴァルヴルもポルポルもオルクリングも、それを知らなかった。奇妙なかたちをした宇宙艦隊が、楽園のような惑星に近づいていく。一連の箱形船が惑星から上昇する。宇宙戦争の勃発だ。

「創始者たちの富と高度な技術は、近傍の星間諸種族のねたみを買うこととなった」マラガンがつづけた。「かれらは同盟を結び、創始者種族を征服しようとした。創始者たちは、数百年なら敵から逃れつづけることができるだろうと思った。とはいえ、それで力を消耗するにちがいない。敵同盟が長くつづくようであれば、結局は従属させられることになる。そこで創始者たちは、自分たちの文明の存続をかけた準備にとりかかったのだ」

次の映像はよく知るものだった。マシノーテが都市と呼ぶ宇宙要塞の一団が、宇宙空間にあらわれる。惑星はちいさくなり、背景へと移動した。数千にのぼる宇宙要塞が恒星間宇宙に向かっていく。

「これが、きみたちの実領域だと思っているようならば」と、マラガン。「思いちがいだ。紛争のはじめはまだほとんど無尽蔵な手段を手にしていたので、創始者はそれを使い、このような要塞群を一ダース以上も用意した。宇宙要塞が運ぶものは、創始者たち種族の文明の遺産と、遠い将来はじめて実を結ぶことになる種だ。それは、壮大で幻想的な計画であった。運命が自分たちに背けば、近い将来に種族は滅亡するだろうと、創始者は知っていた。それでも、遺産は生きのこらなければならない。ずっと遠く、敵がなにも手だしできない銀河間宇宙の深淵で。都市には、創始者が所有したものすべてがそなわっている。そのマシンは、永久に動くようにつくられた。

そして、この都市群のひとつがきみたちの実領域というわけだ」

ふたたび映像が切りかわった。スクリーンには、いずれかの都市の明るく照らされたひろい通廊がうつしだされている。ボディの中央に透明な半球を持つディスク型ロボットが見えた。かなりの速度ですべるように往来している。

「はじめ、都市に有機生命体はまったく存在しなかった」と、マラガン。「唯一の動く創造物といえば、ディスク型ロボットのみ。さまざまな機能を持つロボットだ。メンテナンス担当、清掃部隊、ほかにもたくさんある。もっとも、ロボット住民の大部分は、生命をシミュレーションするだけの機能しかない。創始者たちはたしかに恒星間航行を意のままにしたが、人工重力と多種多様な放射の影響をうける宇宙で全生涯をすごしたことのある者は、だれもいなかったのだ。それでもこの件に関し、創始者は確信を持ちたかった。これから都市で開花するであろう生命の種は、あらゆる危険から守られるべきだと。それゆえロボットは、仮の生命体として暮らすあいだにうけたすべての影響を記録し、収集したデータを伝えた。それがこれだ」

映像が、ある部屋をしめす。訪問者たちが通ってきた正方形の部屋に瓜ふたつである。ただ、破壊されたロボットは床に転がっていない。

「それぞれの都市群には、第一監視者がいる……それも、ただ一体ずつ。その任務は都市群を制御し、危険から守り、かつて創始者の意志により都市に満ちるはずだった生命を育《はぐく》むこと。この第一監視者たちに、ロボットはデータを託した。数千年が経過し、第一監視者の記憶装置は情報で満たされ、ついに、すべての任務のうち、もっとも重要な任務……生命を育むことをはたすべきときが訪れた」

＊

映像が消えた。マシノーテ三体は催眠状態のようにあらぬかたを見つめている。ようやく、ヴァルヴァルが視線をあげ、

「マシノーテは……マシンの創造物ということか？」と、弱々しくたずねた。

「そういうことではない」マラガンが否定した。「マシンは創始者からうけた命令を実行したまでだ。きみたちは合成生物だが、からだを形成する有機物と、生活を制御する生体メカニズムは、創始者の手によるもの。マシンはただの監督者にすぎない」

「あなたの艇で、話もしないし思考も読まないマシンを見たのだが」と、ヴァルヴァル。

「なぜ、ここのマシンはこれほど違うのか？」

「われわれは、両親の庇護のもとで育った」と、マラガン。「生きのこるためにどうするべきか、親から学んだもの。きみたちには、親もいなければ先達もいない。マシンがその役割を可能なかぎりひきうけたのだ。だから、マシンはきみたちと話すことができる。創始者の技術力は、合成テレパシーを意のままにできるほど、きわめて高度な発展を遂げたにちがいない。それゆえ、きみたちが拒否しないかぎり、マシンはきみたちの思考を読むことが可能なのだ」

ヴァルヴァルは、それについて考えた。

「だが、それがなぜ……これほどまったく違ってしまったのか？」と、ついに口を開く。

「いくつかの映像を見たほうがいいだろう」と、マラガン。この命令をうけ、第一監視者が次の映像をうつしだす。半分だけがまだ見えているディスク型ロボットだ。すると、ボディがなかば透明になって輝きだし、いままでいた通廊を通りぬけた。

「都市が危険な状態にさらされた場合にそなえ、予防処置がとられたのだ。第一監視者の権限において、エネルギー・ルートがつくられた。これにより、ロボットは最速で箱形船に移動できる。そののち、船はただちに出発し、ロボットを安全なところに連れていく。このエネルギー・ルートを利用するために、ロボットは特別な力をそなえていた。周囲の空間をゆがめ、空間震動フィールドを構築することが可能なのだ。空間断層を閉じれば、ただちにエネルギー・ルートにはいり、時間を失うことなく移動できる。

第一監視者はこの能力を、創造する有機生物にもあたえたいと望んだ。〝マシノーテ〟と名づけた新しい生物形態の数理モデルを開発し、これを実現させようとしたのだ。そのとき、空間震動フィールドはマシノーテの子孫をつくるさいにも利用できるとわかった。実領域の有機生物ははじめから単性としてつくられ、分裂により増殖することになる。第一監視者は、そのような繁殖プロセスに必要な添加物質を、創始者より託された貯蔵庫からとりだそうとした。

正しく理解してもらいたいのだが、都市リクヴィングの第一監視者は、きみたちをこの映像に見られるロボットに似せようとしたわけだ」

ここで映像が切りかわった。スクリーンには、水平になって空中を浮遊するディスク型ロボットの拡大映像がうつしだされる。

「ところが、想定外の事件が発生した。はげしい爆発が起きて、第一監視者はいくつかの重要な構成要素から切りはなされてしまったのだ。きみたちは、忘れられし者たちの話を知っているな。かれらの記憶もやはり混乱しているため、第一監視者のことを〝創始者〟と呼ぶわけだが、忘れられし者たちは、もともと第一監視者の一部だった。巨大コンピュータの分散構成要素だ。

第一監視者は構成データの半分を失った。この状況では使命を遂行できないと、自身で気づくべきだった。ところが、創始者からあたえられた使命はあまりに壮大なものだったのだ。

第一監視者はマシノーテを創造した。空中を水平に浮遊させるかわりに、からだを垂直に起こし、歩行には適さない触手で支えてぎごちなく歩くことを強いたのだ。危険がさしせまった瞬間、第一監視者はエネルギー・ルートを作動させた。ところが、カテゴリー十五のマシンとの接続が切れたせいで、二度とそのスイッチが切れなくなる。こうしてエネルギー・ルートは、生活の確固たる一部となった。リクヴィングのみならず、実領域のほかのあらゆる都市においても。

自身の空間震動フィールドを持つマシノーテたちは、エネルギー・ルートにそって移動するほうが、あつかいにくい〝脚〟を……実際には腕だったわけだが……用いるよりずっと容易だと知った。第一監視者はこれをうけ、エネルギー・ルートを日常生活に欠かせない構成要素と認めた。さらにまた、これがあれば繁殖プロセスも容易になる。

自立した知性をそなえる第一監視者は、生涯、孤独な存在でなければならない。だが、データ欠落のせいで、第一監視者はこれを実領域のほかのマシンにも強いた。そして、半知性体であるマシンそれぞれに、一マシノーテの補佐をさせることにした。マシンとともにすごし、エネルギー・ルートにそって移動するさいには他者と遭遇することがまったくなく、マシンとのみの閉ざされた世界で暮らすことにより、マシノーテはたがいの存在を恐れる極端な個体主義者となった。創始者がこうなることを意図したわけではないことは、箱形船を見ればわかるだろう。これらの船はひとえに、マシノーテを一都市からべつの都市に運ぶ目的で建造されたのだ。いまでもなお、船は大爆発以前に第一監視者が立案した飛行計画にもとづき、自動的に運行されている。ところが、船をはなれたことのない制御マスターとその小規模チームのほかに、これを利用する者はだれもいない」

ふたたび、映像が切りかわり、星々の混沌がうつしだされた。まるで、実領域から宇宙を眺めたさい、目の前にひろがる光景のようだ。

「そして、第一監視者は最大の過ちをおかした。空間震動の力をマシノーテの生活にとって重要なものととらえ、一銀河の渦状肢内に二千都市すべてを配置することにしたのだ。そこにおける外部条件が、空間断層の開閉にとりわけ有利に働くという理由で。

これにより、第一監視者は知らないうちに、創始者の命でみずからが創造した文明に死刑を宣告することになった。この宇宙セクターにおける滞在は、マシノーテをさらに相互隔離させることにのみ貢献する。欠陥を持つ第一監視者と、たがいに協力しあうのが苦手な数百万のマシノーテ。このままでは、きみたちの種族は滅びるだろう。

創始者は第一監視者に忠告していた……〝行動を妨げるものから身を守れ。停滞は死をもたらすから〟と。この忠告で創始者が意味したのは、精神的停滞のこと。第一監視者がエネルギー・ルートと空間震動フィールドの価値を過大評価したため生じた状況について忠告したのだ。第一監視者は自身の考えに固執《こしつ》するあまり、忠告の意味を誤解し、空間断層とエネルギー・ルートによって保証される物理的機動性ととらえた。それゆえ、ヴァルヴルに対する怒りを爆発させたのだ。われわれに協力し、オルクリングから空間震動フィールドを奪い、おのれの考える意味において停滞させたから。

きみたちは、深刻化する危険の犠牲者になるところだった。われわれがきみたちの都市に押しいった最初の侵入者であることに感謝するがいい。ほかの者ならば、おそらくきみたちに破滅をもたらしただろう」

*

映像が消えた。マラガンと第一監視者の話に聞きいっていたマシノーテ三体がその硬直から解かれるまで、しばらくかかったもの。

「マシノーテはどうすべきなのか？」ヴァルヴルがたずねた。

「わが友よ」サーフォ・マラガンが笑みを浮かべていう。「もう、その質問をしてはならない。きみはみずからに〝わたしはなにをしようか〟と、たずねるべきだ。だが、ほかの質問ならばかまわない。第一監視者が、きみとオルクリングの力になる。いいアドヴァイスをくれるだろう。とはいえ、決定は、きみたちによってなされるべきだ」

「すくなくとも、なにから手をつければいいのか、いってくれ」と、オルクリング。

「はじめはかんたんだ。まず、第一監視者と忘れられし者たちとの接続を回復するのだ。完全なコンピュータ・システムだけが、きみたちに対し充分に貢献できる。失われたいくつかのデータを見つけだすよう、第一監視者には告げてある。自立した知性体であるこのマシンの問題は、独特の精神疾患をこじらせたせいで、実際にはまったく存在しないものをときおり錯覚することだ。たとえば、データは失われていない。監視者はただ、データに触れたくなかっただけ。できれば忘れさりたい事象に関連するものだから。換言すれば、接続を回復するにはどのような作業が必要なのか、第一監視者は知っているわけだ。そのさい、ロボットがきみたちの手助けとなるだろう」

「ロボットだと！」と、ヴァルヴル。「まだ存在するのか？」

「たしかに存在する。箱形船の貯蔵庫に。第一監視者が警報を発したさい、貯蔵庫にひっこみ、命令どおり、みずからのスイッチを切った。第一監視者は、きみたちのためにロボットを作動させるだろう。

これが、まずやるべきことだ。次に、きみたちの種族が存続するために不可欠なのは、この宇宙セクターのみならず、この銀河そのものから撤退すること。第一監視者がその構成要素ののこりを統合したら、ただちにエネルギー・ルートのスイッチを切らせるのだ。きみたちにとり、ルートが必要となるのは、もっとも厳しい非常事態においてのみ。みずからの把握アームを脚にして移動することを学ぶのだ。分身を生むことのできる空間断層をいつ閉じるべきか、あるいは、いつその生涯から永遠にしりぞくべきか、自然みずからが告げるだろう。

第一監視者はこの点についても知っている。また、都市群を導く方法も」

「ほかの都市群はどうなるのか？」と、ヴァルヴル。

「それはわたしにはわからない。たぶん、きみたちは知ることになるだろうが。ひょっとしたら、きみたちはいつか、創始者の世界にもどると決めるかもしれない。みずからの創造主がどうなったかを確認するために。だが、それまでまだ多くの時間がある。きみたちは合成生物だ。それでも、自身の文明を発展させる力をそなえている。まずは、それを実現させるのだ……おそらく、創始者はもう存在しないだろうから！」

ヴァルヴルとオルクリングは、長いあいだ沈黙したままだった。やがて、ヴァルヴルが告げる。

「あなたは本当に過去マスターだな。われわれのためにしてくれたことに感謝する」

サーフォ・マラガンがうれしそうにほほえんだ。スクリーンをさししめし、

「わたしに感謝するのでなく」と、大声でいう。「この者と、創始者たちに感謝するのだな。創始者は第一監視者に卓越した情報を授けた。かれは主《あるじ》の忠実なしもべだ。そして、これからはきみたちがその主となるべきだ。そうではないか、第一監視者？」

「わたしはマシノーテに仕えよう」第一監視者の声が答えた。

「あなたがたがもうここをはなれるというのは本当か？」と、オルクリング。

「可及的すみやかに」と、マラガン。「われわれの帰還をすでに待ちきれない者がいるのだ。これに関連し、ひとつたのみがあるのだが」

「もちろんだ」と、オルクリング。

「いや、きみへのたのみではないのだ」マラガンがやんわりと断った。「さしあたり、まだ自動兵器を制御しているのは第一監視者だから。タラトという名の都市に、もう一隻、べつの搭載艇があるのだが……」

15

「搭載艇二隻といったのか、ペルトル？」マソの声が聞こえた。その声からすると、どうやら、第一艦長の気が動転していると考えたようだ。

「搭載艇二隻です」と、ペルトルが断言する。「識別情報を伝えてきました。《ボッデン》と《ヒアクラ》です！」

「ということは……」マソは大きくジャンプし、表示装置の前に立った。「本当だ」と、あえぐようにいう。「理解できない……」

そう告げ、探知装置を見てから、

「だが、要塞はまだ一センチメートルも動いていないぞ！」と、勝ち誇ったように告げた。

「まずは、ベッチデ人の報告を聞いたほうがいいでしょう」ペルトルが提案する。

第二十艦隊司令官は、この提案をやむをえずうけいれた。なにに対してどなりちらすべきか、わからなかったから。

搭載艇二隻は《ジェクオテ》に収容された。そのさい、ブレザー・ファドンとスカウティが《ヒアクラ》を操縦し、サーフォ・マラガンはひとり《ボッデン》に乗ってきたことが明らかとなる。マソは個室でベッチデ人を迎え、

「きみたちが公爵グーの秘密兵器であることを、どう実証したというのか？」と、冷ややかにたずねた。

「任務を完遂しました」サーフォ・マラガンが簡潔に応じた。

「どういう意味だ？」司令官が吼《ほ》えるようにいう。「要塞を破壊でもしたか？」

マラガンは曖昧なしぐさを見せた。どうでもいいといった感じで、

「なぜ、いつでもすべてをすぐに破壊しようとするのですか？」と、たずねる。「重要なのは、要塞群をこの宇宙セクターから遠ざけることのはず」

「で、それに成功したわけだ！」マソがどなった。「どうやって？」

「精神障害を起こしたコンピュータを脅迫したのです」マラガンがうんざりしたようにいう。

「なにを脅迫しただと？」

「聞いたとおりですよ、司令官。そのコンピュータは、要塞群をこのセクターから動かさないと主張しました。ところが、その決定は誤ったデータにもとづくものだった。そこで、わたしはコンピュータに選択をゆだねました。正しいデータを入手するか、それ

とも、われわれのブラスターでこっぱみじんに吹きとばされるか、と。ふつうのコンピュータならば、この手の脅迫を真剣にはうけとらないでしょう。ですが、このコンピュータには、まだはたせずにいる使命がありました。それゆえ、われわれの話に耳をかたむけたわけです」

「この男、なんの話をしているのだ？」マソが腹をたてたようにうなる。

「たのむ」と、マラガンが仲間ふたりに向かって告げた。「もう疲労困憊《こんぱい》だ。きみたちのどちらか、このおろか者に説明してくれないか」

「わたしはおろか者などではない！」司令官がわめいた。「ここでなにが起きているのか、正確に知っている」

「では、あなたが知っていることを話してみてください」マラガンが力なくいう。

「知っているぞ。公爵グーは、言葉巧みにきみたちをわたしに押しつけたのだ。そして、きみたちは宇宙要塞でなにひとつ達成できなかった……プラクエトがのこしてきた《ヒアクラ》の救出以外は。その点では、艦隊はきみたちに感謝するだろうが」

「なぜ、われわれがなにも達成できなかったとわかるので？」マラガンがたずねた。

「探知スクリーンを見れば、要塞が移動していないのは明らかだ。きみがわたしに認めたとおり、破壊されてもいない。つまり……」

このとき、インターカムが鳴った。第一艦長の声が聞こえる。

「ペルトルからマソ司令官へ。宇宙要塞がたったいま移動しはじめました。加速度は……」

＊

宇宙要塞が時間軌道に消えたあと、サーフォ・マラガンはトランス状態におちいり、ほとんど話ができなくなった。腰をおろした状態で、あるいは立ったままで、あるいは横になり、《ジェクオテ》の壁を通して遠くを見つめている。口を開けば、支離滅裂な文章を脈絡のない言葉で話すばかり。自動制御の医療担架でスカウティとブレザーのキャビンに運ばれてきた直後の数時間と同じくらい、不可解だ。

すでにブレザーは、スプーディのはいった容器を返却していた。マソはこれをうけとりたくなかったようだが。ペルトルの相手をしなくてはならなくなるからだろう。ペルトルは好奇心旺盛だ。どうやら、実領域における出来ごとについて、まだマソから聞いていないらしい。すでにスカウティとブレザーが詳細を報告したというのに。それでも、ブレザーはペルトルに、

「司令官にたずねてくださいよ。あの要塞がスプーディの市場でなかったと、かれは知っているはず」と、告げただけ。

二日後、マソはベッチデ人のキャビンに姿をあらわした。ベッドに無気力に横たわる

サーフォ・マラガンを軽蔑的に見おろす。それから、スカウティとブレザーに向きなおり、

「いい知らせがあるのだ……わたしにとっても、きみたちにとっても。きみたちは惑星クランに向かう。もともとそこに行きたがっていたな。もっとも、わが艦をわずらわせる必要はない。第二十艦隊にはより重要な使命があるからな。まもなく、ヴァルンハーゲル・ギンスト宙域を出発したスプーディ船から連絡がある。きみたちを迎えに、ここに立ちよるのだ」そう告げ、巨大な歯をむきだしてみせた。「そこで、きみたちはおそらく最高のもてなしをうけるだろう」

そう告げると、そっけなく踵を返し、キャビンをあとにした。スカウティもブレザーも、この謎めいた言葉がなにを意味するのかわからない。おそらく、唯一それを解明できるであろうサーフォ・マラガンは、まだトランス状態のまま、あらぬかたを見つめていた。

あとがきにかえて

林　啓子

二〇一六年一月十一日。三連休の最終日にあたる成人の日、東京ディズニーランドに行ってきた。混雑予想情報によれば、比較的空いているとのこと。この日は開園時間が午後七時までと短いせいか。抜群のチーム・ワークで、ファストパスを有効活用しながら最長でも二十分待ちで、朝八時から夜七時までにアトラクション十五個制覇という最高記録を達成した。

翌日からはじまるはずだった『アナとエルサのフローズンファンタジー・パレード』も「準備が整いました」というアナウンスがあり、急遽、見ることができた。それも二回も。新年早々ついている！　やはり日ごろの行ないが重要だ。お年寄りを大切にしよう！　そう心に誓いながら、あでやかな着物姿の新成人たちに交じり、魔法にかけられたような一日を過ごした。

今回、初体験したアトラクションがひとつある。二〇一五年七月にオープンした『スティッチ・エンカウンター』だ。遺伝子実験によって生みだされたエイリアンの試作品スティッチが悪役に追われているうちに宇宙で迷子になるが、銀河連邦によって地球に設立されたスティッチを見守る施設『モニターステーション』を訪れたゲストが宇宙船を誘導し、無事に地球の家族のもとにもどれるよう手助けするという設定の参加型アトラクションである。共感・スリル・達成感の三要素を、観客が主人公と一体となって体感できるようなストーリー仕立てになっているそうだ。

地球帰還までの十二分間、スティッチが観客とカタコトの日本語でさまざまな〝交信〟をする。これがまた面白い。ターゲットとして勝手に選んだ観客に対して、容赦なくダメだしをしたかと思えば、観客全員を巻きこんでいたずらの共犯者にする。カタコトなのによくも、まあ！　と思うくらい、子供から大人まで観客の心をあっというまにつかんでいく。コミュニケーションは語学力じゃない！　そう思った瞬間だった。

子供向けと思いこみ、まったく期待していなかったアトラクションだが、このわずか十二分間のうちに、わたしはすっかりスティッチの大ファンとなった。これまでまったくかわいいとは思えなかった地球外生物が、いまや一番のお気に入りキャラクターである。

この第五一五巻で大活躍するマシノーテのヴァルヴルと、スティッチの姿がなぜかかぶって見えた。危険もかえりみず、積極的に異生物とのコンタクトをはかろうとするその姿に共感を覚える。訳しながら、いつのまにかヴァルヴルを応援していた。現在マスターと過去マスターの種族の違いを超えた心の交流。わたしはローダン・シリーズのなかでもこういったたぐいの話がもっとも好きなのかもしれない。

あっというまに心をつかまれた経験はほかにもある。昨年十一月末、プロのチェリストと、ピアノで共演させていただく機会に恵まれた。

まさに「アンサンブルの醍醐味はかけあいにある」という言葉を実感したステージだった。「本番、何があっても受けとめるから、思いきりぶつかってきて！」リラックスさせようと、リハーサル時からこのような気づかいのかずかず。さすがだと思う。

本番のステージでは、さきにスタンバイしたチェリストが満面の笑みで迎えてくださった。いつもなら舞台の上ではひとりきり。心細くて、中央にぽつんと置かれたピアノにたどりつくまでの時間が妙に長く感じられることも多々ある。この日は、いまだかつてない安心感に包まれ、かけあいを楽しみながら思いきり演奏することができた。

この日、わずか十数分の演奏で、A先生の熱狂的ファンが何人も出現したらしい。

「今年の全国大会でのもっとも大きな収穫は、チェリストのA先生と出会えたことです」フェイスブックで、そうつぶやいたかたまでいらした。

昔、A先生がホームステイしたあるお宅では、別れぎわにホスト・ファミリーのママとお嬢さんが「帰らないで!」と、号泣したとか。

「A先生は〝人たらし〟なんですよ」音楽祭の事務局長がそうおっしゃっていた。

そういえば、もうひとり〝人たらし〟が身近にいたことを思いだす。あれは、大学三年生の夏。ドイツに留学中だったわたしのホームステイ先に、夏休みを利用してヨーロッパ旅行をしていた友人マサがぶらりと立ちよった。いわゆるバックパッカーだ。マサはホスト・ファミリーにたちまち気に入られ、そのままゲストルームに二泊していった。当時のマサは、ドイツ語も英語もけっして流暢とはいえなかったはず。それでも、パパとママ、十七歳と十四歳のお嬢さんたちの心をあっというまにつかんでいったのには驚かされた。「マサ、マサ、マサ!」と慕われ、旅立ったあともマサの話題はたびたび食卓にのぼったもの。たった二日間で……言葉も不自由なのに……当時のわたしには理解できない出来事だったが、いまならわかる。マサは〝人たらし〟という、すばらしい才能の持ち主なのだ。

大学時代の旧友と、出会ったばかりのA先生がリンクした不思議な瞬間だった。

二〇〇五年四月発行の第三一〇巻よりローダン翻訳チームの末席にくわえていただき、今年で早十一年となる。いまだから告白するが、当初は松谷健二先生の偉大さがよくわからなかった。正確にいえば、あまりに偉大すぎてピンとこなかったというところか。一九九八年二月九日に亡くなられた先生とは、実際にお会いし、お話しさせていただくことは叶わなかった。あと十年早く生まれていたら……そう思うと残念でならない。いまでは、松谷節といわれる独特のいいまわしや、かずかずの伝説に垣間見える人間的魅力からすっかり逃れられなくなった。昨年、第四九七巻「あとがきにかえて」にてご紹介した、フェーリクス・ダーン（一八三四 - 一九一二）の長篇歴史小説『ローマ攻防戦』（一八七六年）と松谷先生の不思議なご縁を知ってからはなおさらのこと。

究極の〝人たらし〟がここにもいらしたわけだ。

SF傑作選

映画化名「オデッセイ」
火星の人〔新版〕〔上下〕
アンディ・ウィアー／小野田和子訳

不毛の赤い惑星に一人残された宇宙飛行士のサバイバルを描く新時代の傑作ハードSF

〈ヒューゴー賞／ネビュラ賞／ローカス賞受賞〉
ねじまき少女〔上下〕
パオロ・バチガルピ／田中一江・金子浩訳

エネルギー構造が激変した近未来のバンコクで、少女型アンドロイドが見た世界とは……

〈ヒューゴー賞／ローカス賞／英国SF協会賞受賞〉
都市と都市
チャイナ・ミエヴィル／日暮雅通訳

モザイク状に組み合わさったふたつの都市国家での殺人の裏には封印された歴史があった

〈ヒューゴー賞／ネビュラ賞／ローカス賞受賞〉
あなたの人生の物語
テッド・チャン／浅倉久志・他訳

言語学者が経験したファースト・コンタクトを描く感動の表題作など八篇を収録する傑作集

ゼンデギ
グレッグ・イーガン／山岸真訳

余命わずかなマーティンは幼い息子を見守るため、脳スキャンし自らのAI化を試みる。

ジョン・スコルジー

老人と宇宙《そら》
内田昌之訳

妻を亡くし、人生の目的を失ったジョンは、宇宙軍に入隊し、熾烈な戦いに身を投じた！

遠すぎた星　老人と宇宙《そら》2
内田昌之訳

勇猛果敢なことで知られるゴースト部隊の一員、ディラックの苛烈な戦いの日々とは……

最後の星戦　老人と宇宙《そら》3
内田昌之訳

コロニー宇宙軍を退役したペリーは、愛するジェーンとともに新たな試練に立ち向かう！

ゾーイの物語　老人と宇宙《そら》4
内田昌之訳

ジョンとジェーンの養女、ゾーイの目から見た異星人との壮絶な戦いを描いた戦争ＳＦ。

アンドロイドの夢の羊
内田昌之訳

凄腕ハッカーの元兵士が、異星人との外交問題解決のため、特別な羊探しをするはめに！

ハヤカワ文庫

カート・ヴォネガット

タイタンの妖女
浅倉久志訳

富も記憶も奪われ、太陽系を流浪させられるコンスタントと人類の究極の運命とは……？

プレイヤー・ピアノ
浅倉久志訳

すべての生産手段が自動化された世界を舞台に、現代文明の行方を描きだす傑作処女長篇

母なる夜
飛田茂雄訳

巨匠が自伝形式で描く、第二次大戦中にヒトラーを擁護した一人の知識人の内なる肖像。

猫のゆりかご
伊藤典夫訳

シニカルなユーモアにみちた文章で描かれる奇妙な登場人物たちが綾なす世界の終末劇。

スローターハウス5
伊藤典夫訳

主人公ビリーが経験する、けいれん的時間旅行を軸に、明らかにされる歴史のアイロニー

フィリップ・K・ディック

アンドロイドは電気羊の夢を見るか？
浅倉久志訳

火星から逃亡したアンドロイド狩りがはじまった……映画『ブレードランナー』の原作。

偶然世界
小尾芙佐訳

くじ引きで選ばれる九惑星系の最高権力者をめぐる恐るべき陰謀を描く、著者の第一長篇

ユービック
浅倉久志訳

予知超能力者狩りのため月に結集した反予知能力者たちを待ちうけていた時間退行とは？

〈ヒューゴー賞受賞〉
高い城の男
浅倉久志訳

日独が勝利した第二次世界大戦後、現実とは逆の世界を描く小説が密かに読まれていた！

〈キャンベル記念賞受賞〉
流れよわが涙、と警官は言った
友枝康子訳

ある朝を境に〝無名の人〟になっていたスーパースター、タヴァナーのたどる悪夢の旅。

訳者略歴　獨協大学外国語学部ドイツ語学科卒，外資系メーカー勤務，通訳・翻訳家　訳書『長時間兵器』テリド&エーヴェルス（早川書房刊），『えほんはしずかによむもの』ゲンメル他多数

HM=Hayakawa Mystery
SF=Science Fiction
JA=Japanese Author
NV=Novel
NF=Nonfiction
FT=Fantasy

宇宙英雄ローダン・シリーズ〈515〉

孤高《ここう》の種族《しゅぞく》

〈SF2053〉

二〇一六年二月　二十　日　印刷
二〇一六年二月二十五日　発行

（定価はカバーに表示してあります）

著者　クルト・マール
訳者　林《はやし》　啓《けい》子《こ》
発行者　早川　浩
発行所　株式会社　早川書房
郵便番号　一〇一 - 〇〇四六
東京都千代田区神田多町二ノ二
電話　〇三 - 三二五二 - 三一一一（大代表）
振替　〇〇一六〇 - 三 - 四七七九九
http://www.hayakawa-online.co.jp

乱丁・落丁本は小社制作部宛お送り下さい。
送料小社負担にてお取りかえいたします。

印刷・信毎書籍印刷株式会社　製本・株式会社川島製本所
Printed and bound in Japan
ISBN978-4-15-012053-5 C0197